COLLECTION FOLIO

Frédéric Beigbeder

Dernier inventaire avant liquidation

Gallimard

Né à Neuilly-sur-Seine en 1965, Frédéric Beigbeder est aussi l'auteur de *L'amour dure trois ans, Nouvelles sous ecstasy* et *Windows on the World* (prix Interallié 2003).

Né à Neuilly-sur-Seine en 1965, Frédéric Beigbeder est aussi l'auteur de *L'amour dure trois ans*, *99 francs* et de *Windows on the World* (prix Interallié 2003).

To the happy many.

« Et Marie, son amour, était désormais comme les pochettes de disques et les photos jaunies, et ces styles vintage, et ces sourires d'hier, et toute la beauté du monde ; du monde de Vincent qui était mort, et qui doucement s'abîmait, et c'était le propre de l'homme, de retenir la beauté fuyante et les paradis perdus. Et l'Art, aujourd'hui, c'était comme le reste, c'était bel et bien comme les ongles d'un mort. Qui poussent encore — et au-delà de la mort. »

PATRICK EUDELINE
dernier paragraphe de
Ce siècle aura ta peau
(Florent Massot, 1997).

OUVERTURE DE PARAPLUIE

À quoi servent les calendriers, les anniversaires, les changements de millénaire ? À vieillir, c'est-à-dire faire des bilans, classer, trier, se souvenir. Les siècles sont bien pratiques pour raconter l'Histoire Littéraire : il y a le XVIIIe, dit « des Lumières », qui ne ressemble pas au XIXe, dit « Romantique », puis « Naturaliste ». Et le XXe siècle, comment faudra-t-il le qualifier ? « Moderne » ou « Postmoderne » ? « Monstrueux » ou « Théorique » ? « Dadaïste », « Surréaliste », « Oulipien » ou « Trash » ? « Mortel » ou « Telmor » ?

Depuis 5 ans que je suis critique littéraire (à *Elle*, *Voici*, *Lire*, au *Figaro littéraire*, au « Masque et la Plume » ou sur « Paris Première »), je tente, avec mes maigres moyens — subjectivité d'autodidacte et enthousiasme naïf —, de désacraliser la littérature. Pour moi, rien n'est plus criminel que de la présenter sous un jour solennel (c'est-à-dire poussiéreux), car le livre est, aujourd'hui plus que jamais, en danger de mort. Il me semble que l'on peut utiliser l'an 2001 comme un prétexte ; l'occasion de se repencher (sans s'épancher) sur « les 50 livres du siècle ». Ce nombre, tout aussi arbitraire que le calendrier, nous permettra tout de même de passer en revue les romans importants (français ou étrangers), quelques essais, un conte pour enfants, ainsi que deux bandes dessinées ayant marqué le siècle.

Ces 50 œuvres écrites ont été choisies par les 6 000 Français qui ont renvoyé un bulletin distribué par la FNAC et *Le Monde* pendant l'été 1999 : il s'agit donc d'un choix démocratique et néanmoins orienté, puisque ces personnes se sont prononcées à partir d'une liste de 200 titres présélectionnés par une équipe de libraires et de critiques. J'ai délibérément choisi de commenter ce tri avec la même injustice qui a procédé à son établissement.

Si j'avais dû faire le tri moi-même, ma liste eût été très différente ; il est évident que je n'aurais pas « oublié » Aragon, Artaud, Aury/Réage, Barjavel, Bataille, Besson, Bory, Brautigan, Capote, Carver, Cendrars, Cioran, Cocteau, Colette, Cossery, Dantec, Debord, Desnos, Dick, Drieu La Rochelle, Echenoz, Ellis, Fante, Frank, Gary/Ajar, Genet, Gombrowicz, Grass, Guibert, Guitry, Hamsun, Houellebecq, Huguenin, Jaccard, Jauffret, Kerouac, Kessel, Larbaud, Laurent, Léautaud, Lowry, Malaparte, Matzneff, McCullers, Miller, Modiano, Montherlant, Morand, Musil, Nabe, Nimier, Noguez, Nourissier, Parker, Pavese, Pessoa, Pilhes, Pirandello,

Prokosch, Radiguet, Roché, Roth, Rushdie, Salinger, San-Antonio, Selby, Sempé, Simenon, Sollers, Toole, Toulet, Tzara, Vailland, Vialatte, Weyergans… ce sera le sujet d'un prochain tome… et les autres, tant pis, je suis désormais fâché avec eux !

Parler de littérature à la télévision n'est pas chose aisée. On se retrouve souvent avec quelques vieux messieurs pérorant autour d'une table (et qui n'ont même pas le droit de fumer ou de boire de l'alcool à cause de la loi Evin). Ou alors on devient un jeune chroniqueur arrogant comme moi : l'insolent de service, le contestataire de salon. Comment changer cela ? À la fin de l'année 1999, « Les 50 livres du siècle » proposèrent une approche ramassée, dynamique, visuelle, pour évoquer chaque soir, sur Paris Première, un des chefs-d'œuvre des 100 dernières années sur un mode personnel, libre, non scolaire. En utilisant des armes (montage « cut », jeux de typo et de photo, effets spéciaux en post-production, gimmicks d'ouverture et de sortie, jingle « easy-listening ») habituellement mises au service de la chanson de variété ou du cinéma, on a voulu montrer que les écrivains pouvaient, eux aussi, avoir droit à leur Top 50.

Assez de purisme ! Quatre lettres seulement le séparent du puritanisme. Même si l'on sait que la compétition n'existe pas en Art (« Le beau ne chasse pas le beau. Ni les loups, ni les chefs-d'œuvre ne se mangent entre eux », dixit Victor Hugo), rien n'interdit de s'amuser un peu en classant, comparant, montant les uns contre les autres quelques génies qui se firent bien souvent la guerre de leur vivant. Un critique est un lecteur comme les autres : lorsqu'il donne son avis, favorable ou défavorable, il n'engage que lui-même, et encore, une de ses nombreuses facettes contradictoires.

Tous ces livres que nous avons étudiés à l'école (c'est-à-dire « de force », sans nonchalance ni désir spontané), n'est-il pas temps de les approcher comme ce qu'ils sont : de simples regards vivants sur les changements et catastrophes qui ont façonné notre époque ? N'oublions jamais que derrière chaque page de ces monuments d'un siècle révolu se cache un être humain qui prend tous les risques. Celui qui écrit un chef-d'œuvre ne sait pas qu'il écrit un chef-d'œuvre. Il est aussi seul et inquiet que n'importe quel autre auteur ; il ignore qu'il figurera dans les manuels et qu'un jour on décortiquera chacune de ses phrases — c'est souvent quelqu'un de jeune et solitaire, qui travaille, souffre, nous émeut, nous fait rire, bref, nous parle. Il est temps de réentendre la voix de ces hommes et femmes comme au premier jour de leur publication, en la débarrassant, l'espace d'un instant, des appareils critiques et autres notes en bas de page qui ont tant contribué à dégoûter leurs lecteurs adolescents et à les envoyer dans les salles obscures ou aux concerts de rock. Il est temps de lire ces livres célèbres comme si c'était la première fois (ce fut parfois le cas ici), comme s'ils venaient de paraître, avec légèreté et inconséquence. L'humour, s'il y en a dans ce petit recueil, ne serait alors pas « la politesse du désespoir » mais l'excuse de l'inculture, une tentative pour surmonter la timidité qu'imposent les grandes œuvres d'art. Les chefs-d'œuvre détestent qu'on les respecte ; ils préfèrent vivre, c'est-à-dire être lus, triturés, contestés, abîmés — au fond, je suis persuadé que les chefs-d'œuvre souffrent d'un complexe de supériorité (il serait temps de faire mentir la boutade d'Hemingway : « un chef-d'œuvre est un livre dont tout le monde parle et que personne ne lit »).

À titre personnel, je vois ce petit opuscule comme une reconnaissance de dette. Quand tout d'un coup, sur un malentendu, on se retrouve auteur d'un « best-seller », la première chose à faire est de renvoyer l'ascenseur. J'espère que ce livre donnera envie d'en acheter d'autres, et de meilleurs. La littérature m'apparaît de plus en plus comme une maladie, un virus étrange qui vous sépare des autres et vous pousse à accomplir des choses insensées (comme de s'enfermer pendant des heures avec du papier au lieu de faire l'amour avec des êtres à la peau douce). Il y a là un mystère que je ne percerai peut-être jamais. Que cherchons-nous dans les livres ? Notre vie ne nous suffit donc pas ? On ne nous aime pas assez ? Nos parents, nos enfants, nos amis et ce Dieu dont on nous parle ne sont pas assez présents dans notre existence ? Que propose la littérature que le reste ne propose pas ? Je n'en sais rien. C'est pourtant cette fièvre que j'espère inoculer à ceux qui auront ouvert cette préface par mégarde, et commis l'erreur de la lire jusqu'au bout. Car je souhaite de tout mon cœur qu'il y ait encore des écrivains au XXIe siècle.

F. B.

LE TOP 50

1. *L'Étranger* d'Albert Camus.
2. *À la recherche du temps perdu* de Marcel Proust.
3. *Le Procès* de Franz Kafka.
4. *Le Petit Prince* d'Antoine de Saint-Exupéry.
5. *La Condition humaine* d'André Malraux.
6. *Voyage au bout de la nuit* de Louis-Ferdinand Céline.
7. *Les Raisins de la colère* de John Steinbeck.
8. *Pour qui sonne le glas* d'Ernest Hemingway.
9. *Le Grand Meaulnes* d'Alain-Fournier.
10. *L'Écume des jours* de Boris Vian.
11. *Le Deuxième Sexe* de Simone de Beauvoir.
12. *En attendant Godot* de Samuel Beckett.
13. *L'Être et le Néant* de Jean-Paul Sartre.
14. *Le Nom de la rose* d'Umberto Eco.
15. *L'Archipel du Goulag* d'Alexandre Soljenitsyne.
16. *Paroles* de Jacques Prévert.
17. *Alcools* de Guillaume Apollinaire.
18. *Le Lotus bleu* d'Hergé.
19. *Journal* d'Anne Frank.
20. *Tristes Tropiques* de Claude Lévi-Strauss.

21. *Le Meilleur des mondes* d'Aldous Huxley.
22. *1984* de George Orwell.
23. *Astérix le Gaulois* de Goscinny et Uderzo.
24. *La Cantatrice chauve* d'Eugène Ionesco.
25. *Trois Essais sur la théorie sexuelle* de Sigmund Freud.
26. *L'Œuvre au noir* de Marguerite Yourcenar.
27. *Lolita* de Vladimir Nabokov.
28. *Ulysse* de James Joyce.
29. *Le Désert des Tartares* de Dino Buzzati.
30. *Les Faux-Monnayeurs* d'André Gide.
31. *Le Hussard sur le toit* de Jean Giono.
32. *Belle du Seigneur* d'Albert Cohen.
33. *Cent Ans de solitude* de Gabriel Garcia Marquez.
34. *Le Bruit et la Fureur* de William Faulkner.
35. *Thérèse Desqueyroux* de Francois Mauriac.
36. *Zazie dans le métro* de Raymond Queneau.
37. *La Confusion des sentiments* de Stefan Zweig.
38. *Autant en emporte le vent* de Margaret Mitchell.
39. *L'Amant de Lady Chatterley* de D. H. Lawrence.
40. *La Montagne magique* de Thomas Mann.
41. *Bonjour tristesse* de Françoise Sagan.
42. *Le Silence de la mer* de Vercors.
43. *La Vie mode d'emploi* de Georges Perec.
44. *Le Chien des Baskerville* d'Arthur Conan Doyle.
45. *Sous le soleil de Satan* de Georges Bernanos.
46. *Gatsby le magnifique* de Francis Scott Fitzgerald.
47. *La Plaisanterie* de Milan Kundera.
48. *Le Mépris* d'Alberto Moravia.
49. *Le Meurtre de Roger Ackroyd* d'Agatha Christie.
50. *Nadja* d'André Breton.

Nº 50 | NADJA
d'André Breton
(1928, revu et corrigé en 1963)

Esthétique début : en cinquantième position dans notre hit-parade figure la jolie *Nadja* d'André Breton (1896-1966).

Le livre de ce fils d'un secrétaire de gendarmerie est très curieux : il contient des photos de Paris pour éviter les descriptions (ces « superpositions d'images de catalogue » qui, il faut bien le dire, barbent un peu tout le monde depuis Balzac) ; il commence sur la Place des Grands Hommes, au Panthéon (Patrick Bruel sera content), puis il y a une rencontre qui bouleverse tout : le 4 octobre 1926, rue Lafayette, André Breton alpague une passante prénommée Nadja, « créature inspirée et inspirante », laquelle se révélera par la suite une putain cocaïnomane possédant des dons extralucides, qui finira à l'asile (rock'n roll, non ?).

Si ce n'est pas réaliste, mais alors c'est que c'est… SURRÉALISTE ? Bingo ! Breton, le fondateur — et en même temps le dictateur — du surréalisme, veut supprimer le « style », tout ce qui enrobe le réel, car la réalité le dégoûte (après la boucherie de 14-18, ce « cloaque de sang, de sottise et de boue »). Il veut laisser libre cours à tout ce qui passe par sa tête d'homme amoureux : il appelle cela « l'écriture automatique », mais attention ! Qui dit « écriture automatique » ne veut pas dire diarrhée verbale, dégoulinade en roue libre comme la logorrhée intime en vogue dans les années 1990, mais au contraire se laisser entraîner dans des digressions savamment orchestrées par le docteur Freud. Eh oui, l'homme méprisait la psychiatrie mais était fasciné par la psychanalyse. N'oublions pas que « Qui suis-je ? » est la première phrase du livre. La preuve que l'écriture automatique n'est pas si automatisée que ça, c'est qu'André Breton révisera son texte en 1963, soit 35 ans après l'avoir rêvé pour la première fois. Ce n'est pas parce qu'on laisse s'envoler sa prose qu'il ne faut pas la peaufiner.

On peut lire *Nadja* comme une ballade autobiographique et un roman d'amour plus poétique que du Madeleine Chapsal. Mais en même temps Breton, tel Spiderman, tisse une toile d'araignée de coïncidences, comme, à l'âge de huit ans, quand vous récitiez « j'en ai marre-marabout-bout de ficelle ». Petit à petit, on ressent le côté vraiment surréaliste des immeubles de Paris ; Breton arrive à nous faire découvrir une réalité extra-ordinaire. Les grands livres, comme l'amour, nous font regarder le monde autrement. Lire *Nadja*, c'est comme fumer un gros joint, sauf que c'est légal !

Nadja nous rappelle surtout que le débat actuel entre les partisans de l'autofiction et ceux de l'imagination est un débat qui avait déjà cours dans les années 1920… Alors de deux choses l'une : soit les écrivains d'aujourd'hui sont en retard, soit Breton avait 80 ans d'avance. Il avait compris que la réalité est un endroit qui ne suffit pas aux écrivains. Mais comment partir du réel pour aboutir à quelque chose d'irrationnel ? Décrire le monde tel qu'il est évite de désorienter le lecteur, raconter une histoire est nécessaire mais non suffisant : « Je n'ai dessein de relater, en marge du récit que je vais entreprendre, que les épisodes les plus marquants de ma vie *telle que je peux la concevoir hors de son plan organique…* » Comment marier la subjectivité avec l'objectivité ? La littérature n'est toujours pas sortie de cette question. On pourrait dire de *Nadja* qu'il est le seul exemple d'un surréalisme proustien. Les chefs-d'œuvre sont souvent des quadratures du cercle : leur beauté semble impossible et pourtant ils tiennent debout. Tel est sans doute le sens de la dernière phrase du livre : « La beauté sera convulsive ou ne sera pas. »

D'ailleurs, vous le verrez bien : en refermant *Nadja*, il n'est pas impossible que vous soyez pris de convulsions inquiétantes.

N° 49 | LE MEURTRE DE ROGER ACKROYD *d'Agatha Christie* *(1926)*

Qu'Agatha Christie (1890-1976) coiffe André Breton au poteau ne saurait étonner les fans de la romancière anglaise : comme le maître du surréalisme, Agatha Christie décèle la folie cachée, la violence voilée derrière l'apparence policée de la société (jolies assonances en « é », n'est-ce pas ? merci de votre attention). Mrs Christie est donc, elle aussi, un auteur surréaliste. Par exemple, pourquoi a-t-elle choisi de confier ses enquêtes à un détective nain, belge, prétentieux et doté d'un crâne ovoïde ? Drôle d'idée (qui lui est venue en rencontrant un curieux réfugié de la guerre de 14).

Le grand problème avec cet inventaire, c'est qu'il a fallu choisir un seul titre de chaque auteur. Parmi les 66 romans de l'écrivain le plus lu au monde après Shakespeare (2 milliards et demi d'exemplaires vendus), nos 6 000 votants auraient pu désigner *Dix Petits Nègres*, *Mort sur le Nil* ou *Le Crime de l'Orient-Express* mais non, c'eût été trop facile :

c'est pourquoi ils ont retenu *Le Meurtre de Roger Ackroyd*, qui est un bijou de malice et une véritable prouesse narrative. (À côté, Mary Higgins Clark, c'est le Club des Cinq.)

Le gentleman-farmer Roger Ackroyd est assassiné mais, juste avant sa mort, il s'est confié à son ami le Docteur Sheppard, qui nous raconte l'enquête d'Hercule Poirot. Comme d'habitude, celui-ci soupçonne tous les personnages à tour de rôle : il s'avère que beaucoup de gens avaient intérêt à ce que ce cher Ackroyd casse sa pipe. C'est dingue le nombre de proches qui ont de bonnes raisons de vouloir notre mort, si l'on y réfléchit. (Moi, par exemple, si je suis assassiné, je suis sûr que les enquêteurs iront interroger quelques écrivains de ma connaissance.)

Un truc cependant me chiffonne : pour expliquer l'originalité du *Meurtre de Roger Ackroyd*, je suis obligé de vous raconter la fin du roman. Alors voici ce que je propose : je vais compter jusqu'à trois. À trois, ceux qui ne veulent pas connaître le coup de théâtre du *Meurtre de Roger Ackroyd* n'auront qu'à sauter le paragraphe suivant. Prêts ? Un, deux, trois.

L'extraordinaire exploit d'Agatha Christie, c'est que le coupable du crime est son narrateur. Toute l'enquête est racontée par le meurtrier, qui n'est autre que le Docteur Sheppard. Cette ingéniosité romanesque époustouflante fait évidemment de ce polar un livre unique dans l'histoire littéraire (même si Leo Perutz avait eu auparavant la même idée dans *Le Maître du jugement dernier*). C'est un peu le système repris dans un film récent : *Usual Suspects*. Le moment où celui qui est en train de nous raconter l'histoire se retrouve confondu par Poirot provoque des frissons de terreur délicieuse. Cette trouvaille abracadabrante a même rendu fous quelques spécialistes qui accusent Agatha Christie de tricherie : ainsi Pierre Bayard, dans *Qui a tué Roger Ackroyd ?* (Minuit), a récemment refait l'enquête et, selon lui, Sheppard ne peut pas être le coupable. Mais alors : qui a fait le coup ? Personnellement, j'ai une vague idée. Je pense que le véritable criminel est Lady Mallowan, alias « la Duchesse de la Mort » : Dame Agatha Christie.

Cette étrange femme devait bien sentir qu'elle avait exagéré dans ce roman, puisqu'elle disparut peu après sa parution, pendant dix jours, entre le 4 et le 14 décembre 1926 : on la crut morte, et la police finit par la retrouver dans une station thermale, inscrite à l'hôtel sous un faux nom. (Jean-Edern Hallier reprit, quelques décennies plus tard, l'idée publicitaire à son compte en se faisant kidnapper devant la Closerie des Lilas.) Les romanciers ne se sentent pas nets quand ils bernent leurs lecteurs. À force d'écrire des énigmes, Agatha Christie a voulu en devenir une, démontrant une fois de plus combien la littérature est un jeu dangereux.

Nº 48 | LE MÉPRIS
d'Alberto Moravia
(1954)

Il ne s'agit pas d'une méprise : en numéro 48 on trouve bel et bien *Le Mépris* d'Alberto Moravia (1907-1990). Quand on évoque *Le Mépris*, on pense tout de suite à la musique de Georges Delerue et à Brigitte Bardot Brune (B.B.B.) qui demande : « Et mes fesses, tu les aimes mes fesses ? » Or cette tirade ne figure pas du tout dans le livre, même si Jean-Luc Godard a été relativement fidèle à la trame du roman : un homme emmène sa femme à Capri dans le but de sauver leur couple, et l'excursion produit l'effet inverse. (Hervé Vilard en a d'ailleurs fait une chanson célèbre : « Capriii, c'est finiii/Et dire que c'était la ville de mon premier amouuur ».)

La première phrase est restée dans les mémoires, plus encore que l'inquiétude de Brigitte Bardot sur son postérieur rebondi : « Durant les deux premières années de mon mariage, mes rapports avec ma femme furent, je puis aujourd'hui l'affirmer, parfaits. » Cette façon de démarrer par un constat optimiste dans lequel on sent le désastre à venir fait écho à l'incipit d'*Aurélien* d'Aragon : « La première fois qu'Aurélien vit Bérénice, il la trouva franchement laide. » Moralité : dans les bons romans, il faut que les couples parfaits se quittent, et que les gens qui se trouvent moches tombent amoureux. Sinon, il n'y aurait rien à raconter.

Riccardo, le narrateur du *Mépris*, est un faible, un anti-macho, ce qui est étonnant pour un Italien : sa femme Emilia veut un appartement, alors au lieu d'écrire des pièces de théâtre, il devient scénariste de cinéma pour rembourser les crédits immobiliers. C'est précisément parce qu'il a cédé à ses exigences que sa femme le méprise : elle lui en veut de faire ce qu'elle lui a demandé ! Ou bien parce qu'il semble la pousser dans les bras d'un producteur vulgaire nommé Battista... Le message de Moravia est clair : Messieurs, n'obéissez pas à votre femme si vous voulez qu'elle vous admire ! (Parlait-il de la sienne, Elsa Morante, autre écrivain célèbre dont il divorça 8 ans plus tard ?) Qu'attendent les Chiennes de Garde pour intervenir ? *Le Mépris* est le premier roman qui analyse les dégâts du féminisme sur la virilité. En réalité, Alberto Moravia n'était pas misogyne mais préoccupé. Il pressentait les limites de la lutte pour l'égalité des sexes : il s'agissait d'obtenir la parité mais non d'inverser les rôles.

Moravia est ainsi l'un des premiers écrivains au monde à décrire l'homme moderne, ce lâche mercantile, dépassé par la puissance nouvelle de la femme, paumé dans un monde artificiel, sans autres idéaux que la belle maison, la belle bagnole, la belle fiche de paie. Nous vivons dans une civilisation matérialiste qui tue l'amour : on s'offre des cadeaux au lieu de s'aimer. Ce piège du confort moderne fut par la suite décliné sur le mode glacé par Georges Perec dans son remarquable premier roman : *Les Choses* (1965). Mais avant lui, les grands romans moraviens (*Les Indifférents* en 1929, *L'Amour conjugal* en 1949, *Le Mépris* en 1954, *L'Ennui* en 1960) expriment délicatement ce malaise : l'impossibilité du couple dans une société hypocrite qui fait semblant de le célébrer alors qu'elle met tout en œuvre pour le briser (en glorifiant l'individu et le désir, en créant la nouvelle religion du sexe et de l'argent). Moravia : ancêtre de Houellebecq ? Dans *Le Mépris*, il enferme Riccardo et Emilia sur une île enchanteresse et les regarde s'engluer dans le malentendu avec une délectation morose : « L'objet de ce récit est de raconter comment, alors que je continuais à l'aimer et à ne pas la juger, Emilia au contraire découvrit ou crut découvrir certains de mes défauts, me jugea et, en conséquence, cessa de m'aimer. » Contrairement à sa femme, moi je l'aime bien ce Riccardo qui nous ressemble, à nous les hommes occidentaux, victimes et complices de la société de surconsommation égoïste. Je conclurai sur un calembour dont je ne suis pas peu fier : dans le monde actuel, l'homme de Moravia est mort à vie.

N° 47 | LA PLAISANTERIE
de Milan Kundera
(1967)

Milan Kundera est très content de figurer dans ce classement : la dernière fois que je l'ai vu au bar du Lutétia, nous avons sablé la Pilsner pour fêter l'événement.

Il y avait de quoi. Sur les 50 écrivains du XXe siècle retenus par notre collège de 6 000 Français, il n'y en a que 7 qui soient encore vivants : Umberto Eco, Gabriel Garcia Marquez, Claude Lévi-Strauss, Françoise Sagan, Alexandre Soljenitsyne, Albert Uderzo et Milan Kundera, donc, ce produit d'importation tchèque né en 1929, qui vit à Paris depuis 1975 et s'est fait naturaliser français en 1981.

La Plaisanterie est son premier roman. À l'époque où il le publie, en 1967, sous le régime Novotny, la censure en Tchécoslovaquie se relâche quelque peu. Mais les plaisanteries les plus courtes étant les meilleures, un an après, quand il est traduit en France, les chars russes entrent dans Prague et *La Plaisan-*

terie se voit interdite dans son pays d'origine. Du coup, le roman est passé dans le monde entier pour un livre de combat, un pamphlet politique, ce qu'il était, mais pas uniquement.

Il faut relire aujourd'hui *La Plaisanterie* pour s'apercevoir qu'elle contient déjà en germe toute l'œuvre de Kundera : cet art de mélanger avec virtuosité le roman et la philosophie, la fiction et les idées, la gravité et la frivolité. Kundera fait de la politique avec ses histoires de cul. Certes, le contexte a vieilli, le Rideau de fer est tombé, et aujourd'hui l'atmosphère de suspicion permanente des pays communistes constitue la principale plaisanterie du livre. On a du mal à croire que Ludvik, le héros du roman, puisse être condamné à travailler dans les mines pendant 6 ans à cause d'une simple carte postale sur laquelle il a écrit : « L'optimisme est l'opium du peuple, l'esprit sain pue la connerie. » On a du mal à comprendre que les mots « intellectuel » ou « individualiste » aient pu être considérés dans ces pays-là comme des injures, et l'adultère comme un crime contre le Parti. Au fond, Kundera est un Kafka malgré lui : il raconte les mêmes histoires absurdes et cruelles que son illustre compatriote, sauf que les siennes sont vraiment arrivées. On ricane à l'idée que, quelques années plus tard, le même pays se soit choisi un écrivain, Vaclav Havel, pour Président. Il est vrai que, aujourd'hui, la révolution ressemble à une mauvaise plaisanterie ; pensez donc : une utopie humaniste qui envoya des millions d'êtres humains au bagne. Peut-être qu'au goulag, les prisonniers s'attendaient à voir débarquer Marcel Béliveau leur annonçant qu'ils étaient filmés à leur insu pour « Surprises sur Prises » !

Les grands romans ne vieillissent pas, contrairement aux idées : Ludvik aime toujours Helena qui est mariée avec Pavel, tandis que les sous-marins russes se contentent de rouiller au fond de l'eau avec, parfois, des matelots dedans, que personne n'entend crier. *La Plaisanterie* raconte la victoire de l'amour et de l'humour sur l'ennui et le sérieux. À l'époque, dans les pays de l'Est, plaisanter était interdit. Désormais, c'est partout l'inverse sur terre : l'humour est obligatoire ; le monde n'est que Plaisanterie permanente. Le livre de Kundera reste d'actualité puisque la vie est devenue une vaste fête sans morale ni pardon. Il est à présent évident que, sans le faire exprès, dès les années 1960, Kundera était le premier romancier de la Fin de l'Histoire : « Vous pensez que les destructions peuvent être belles ? », dit Kotska dès la page 20. L'horreur qu'il décrivait s'est aujourd'hui inversée. Dans ses romans récents (*La Lenteur* notamment), Kundera se lance dans la dérision de la dérision. Ironie suprême : à l'époque de *La Plaisanterie*, le rire était une arme contre le totalitarisme. À présent, c'est le rire qui est totalitaire. Ce qui n'empêchera évidemment pas Kundera de continuer à plaisanter là-dessus.

Nº 46 GATSBY LE MAGNIFIQUE
de Francis Scott Fitzgerald
(1925)

Quand Scott Fitzgerald (1896-1940) publie *The Great Gatsby*, il n'a que 29 ans et pourtant il est déjà au sommet de son art. Il a tout compris à l'Amérique, et la preuve c'est que celle-ci est à ses pieds. Il a épousé la plus jolie fille de New York, donc du monde. Il décide de raconter la vie d'un pauvre du Middle West qui s'est enrichi en vendant de l'alcool durant la Prohibition et donne des fêtes sur Long Island : Jay Gatsby. Gatsby veut séduire son amour d'enfance, Daisy, laquelle a épousé un milliardaire de naissance (Tom Buchanan). Il va sans dire que le fric pourri de Gatsby ne suffira pas à la ramener, c'est d'ailleurs la seule chose qui a vraiment vieilli dans le livre : aujourd'hui, la belle Daisy n'hésiterait pas 3 secondes avant de partir avec le beau parvenu. Quoi de plus sexy qu'un bootlegger (l'ancêtre du dealer d'*American Beauty*) ?

Great Gatsby est une satire de la haute société américaine (certains reprochent même au livre un antisémitisme larvé) mais surtout un roman d'amour mélancolique, rédigé dans ce ton doux-amer, inimitable, que Fitzgerald a mis au point en écrivant 160 nouvelles pour payer des robes à Zelda : « Dans ses bleus jardins des hommes et des jeunes femmes passèrent et repassèrent comme des phalènes parmi les chuchotements, le champagne et les étoiles. » Il relève aussi partiellement de l'autobiographie : Gatsby, c'est un peu Fitzgerald lui-même. Né à Saint Paul (Minnesota), il n'a jamais réussi à faire vraiment partie des clubs de milliardaires, il a été snobé par l'équipe de football de Princeton et ne s'en est jamais remis ; certes on ne l'a pas assassiné comme son héros mais il est mort à 44 ans, alcoolique et inconnu, 8 ans avant que sa femme ne disparaisse à son tour, brûlée vive dans l'incendie de son asile de fous, en 1948.

Les grands romans sont tous prémonitoires : Colette disait que « tout ce qu'on écrit finit par devenir vrai ». L'Amérique cupide et égoïste décrite par Fitzgerald n'a fait qu'empirer depuis puisqu'elle est devenue maîtresse de la planète Terre. Ses rêves de grandeur finissent en gueules de bois sordides. Le monde est une « party » de plaisir qui commence bien et finit mal, comme la vie (« un processus de démolition »). Il ne faudrait jamais se réveiller. Fitzgerald est très protestant, voire puritain : chez lui le bonheur se paie comptant, et le péché est toujours puni. Il a décrit des riches malheureux à New York après avoir été pauvre et heureux à Paris. Le seul moyen de critiquer les riches c'est de vivre comme eux, donc de boire au-dessus de ses moyens, avant de finir dans la dèche et l'alcoolisme.

On comprend enfin pourquoi Scott aimait tant saccager le Ritz ivre mort ou précipiter sa voiture dans les étangs : tacher son smoking est un geste politique, une façon de désapprouver le monde auquel on a tant rêvé d'appartenir. Fitzgerald peut être considéré comme le premier bobo (bourgeois bohème), mais il avait l'élégance d'appeler son gauchisme « Génération Perdue » : « On devrait pouvoir comprendre que les choses sont sans espoir et cependant être décidé à les changer » (*La Fêlure*) ; « Tous les dieux, morts ; toutes les guerres, faites ; tous les espoirs en l'homme, trompés » (*This Side of Paradise*). Reste sa description des aristocrates new-yorkais, si lumineuse qu'ils en furent aveuglés, puis éteints, comme les dinosaures.

Je n'aime pas les gens qui n'aiment pas Fitzgerald. Ils croient qu'il faut être mal habillé pour être un vrai rebelle. C'est faux : si j'arrose ma tête de champagne, puis renverse mon fauteuil sur le sol à coups de pied pathétiques, c'est pour crier, avec Scott Guevara : « Biba la Rébolucion ! »

Nº 45 | SOUS LE SOLEIL DE SATAN
de Georges Bernanos
(1926)

Le numéro 45 est Georges Bernanos (1888-1948) pour *Sous le soleil de Satan* et non pas *Sous le soleil exactement*, qui est une chanson de Gainsbourg — essayez de suivre s'il vous plaît.

Je dois avouer qu'avant de commencer cette chronique je n'avais jamais lu Bernanos. Certes, d'habitude, les journalistes littéraires font semblant de tout connaître ; même sous la torture, ils vous répéteront toujours que la chair est triste et qu'ils ont lu tous les livres. Mais moi je me suis acheté *Sous le soleil de Satan* aux éditions Plon et, contrairement à mes préjugés (Bernanos le grand pamphlétaire catholique blablabla au secours), j'ai été frappé par une œuvre envoûtante et hallucinée, d'une violence âpre et sacrée. *L'Exorciste* peut aller se rhabiller !

Il faut dire que Bernanos a écrit son premier roman bien avant la mort de Dieu : en 1926, on croyait encore en lui ainsi qu'au Diable, on avait encore peur de l'Enfer — aujourd'hui on y vit, donc on s'y est habitué. Bernanos est un des premiers à comprendre que si le XXe siècle est celui où Dieu va mourir, c'est aussi celui où Satan pétera le feu. On a du mal à s'imaginer le succès triomphal qu'a connu ce livre fiévreux à sa parution. Bernanos, qui était assureur comme Kafka (mais à Bar-le-Duc, c'est moins chic qu'à Prague), devint une star nationale.

Jugez plutôt : il raconte l'histoire de Mouchette, une petite provinciale du Pas-de-Calais, qui tombe enceinte d'un marquis. Comme celui-ci ne veut pas reconnaître son enfant, elle tue le marquis, puis perd son enfant. Serait-elle possédée par le démon ? Arrive un curé de campagne, l'abbé Donissan, qui rencontre Satan (déguisé en sympathique marchand de chevaux car, à l'époque, il n'avait pas encore adopté le look de Marylin Manson) et lui propose d'échanger sa damnation à lui contre le salut de l'âme de Mouchette (je simplifie, que saint Bernanos me pardonne). Le tout est transcendé par un style dense et spirituel dans tous les sens du terme. Un style... surnaturel, comme le dit Paul Claudel (autre mystique délirant) dans une lettre à lui adressée : « Ce qui est beau, c'est ce sentiment fort du surnaturel, dans le sens non pas d'extranaturel mais du naturel à un degré éminent. » Je m'attendais à un pensum en soutane, et tombe sur un conte mystique, un délire faustien, un suspense religieux ; il ne fallait pas confier ce scénario à Pialat mais à Scorsese !

Et puis comment ne pas admirer la première phrase de ce roman : « Voici l'heure du soir qu'aima Paul-Jean Toulet, voici l'horizon qui se défait, plein d'un silence liquide... » N'est-il pas très moderne et humble de commencer par citer un confrère ? Vous imaginez Proust commençant la *Recherche* par « Longtemps je me suis couché de bonne heure en lisant Sainte-Beuve » ? (Il est vrai que c'eût été beaucoup lui demander.)

Lisez ce roman diabolique et ténébreux, même s'il est parfois grandiloquent il s'avère aussi captivant que du Stephen King mais écrit avec le style d'un Huysmans sous LSD, ou, comme l'a dit finement Renaud Matignon, d'un « enragé volontaire ». Bernanos abondait d'un enthousiasme méfiant, d'un doute énergique : il commença par être royaliste, puis antifranquiste, puis résistant sous l'Occupation et antigaulliste après la guerre. Il refusa trois fois la Légion d'honneur. Comment ne pas aduler cet auteur plus NRV que NRF ? Il voulait sauver son âme mais aussi celle des autres : quitte à souffrir, autant souffrir pour quelque chose. « Car ta douleur est stérile, Satan !... » Il me semble que cette apostrophe résume assez bien l'état d'angoisse des habitants de la planète depuis qu'on leur a expliqué que

Dieu était décédé, ainsi que Nietzsche : ils en ont marre de la douleur stérile.

J'ai honte de parler de Satan aussi brièvement : il va peut-être me foudroyer en plein milieu de ce livre, alors que j'allais justement crier « Ta mère suce des queues en enfer. Ah Ah Ah ! » en tournant ma tête à 360°…

Nº 44 | LE CHIEN DES BASKERVILLE
d'Arthur Conan Doyle
(1902)

Il semblerait bien que le numéro 44 de ce Top 50 soit *Le Chien des Baskerville* de Sir Arthur Conan Doyle (1859-1930). Déduction élémentaire, en vérité…

Le Chien des Baskerville est le plus célèbre épisode de la série des enquêtes de Sherlock Holmes, narrées avec un sens aigu du complexe d'infériorité par le docteur Watson. Un docteur Watson dont on se demande s'il n'a pas une relation homosexuelle et masochiste avec le détective. Sinon pourquoi supporterait-il d'être rembarré sans arrêt par un cocaïnomane qui porte la même grotesque casquette en tweed depuis plus d'un siècle ? En fait, le docteur Watson ne constitue qu'un double de l'auteur, puisque Arthur Conan Doyle était lui-même médecin. Le duo comique restera dans l'Histoire au même titre que Dom Juan et Sganarelle, Don Quichotte et Sancho Pança, Vladimir et Estragon, Jacques Chirac et Lionel Jospin.

Le plus glaçant dans *Le Chien des Baskerville* reste son atmosphère : l'Angleterre brumeuse du Devonshire, un manoir aussi gothique que lugubre, la lande marécageuse, un chien-fantôme qui hurle : « ahou ahouuu »... Brr... Rien que d'y repenser, j'en ai des frissons dans le dos. On se situe à mi-chemin entre le polar et le conte fantastique. « Une odeur de décomposition et de pourrissement flottait dans l'air ; des miasmes de gaz lourds nous balayaient le visage ; plus d'une fois un faux pas nous précipita dans le bourbier jusqu'à la taille. »

Charles Baskerville vient de mourir et son neveu Henry reçoit des menaces de mort. Au bout du compte Sherlock Holmes va démasquer un cousin déshérité et jaloux qui terrorise la famille avec un gros clebs caché dans une grotte. Je veux dire un animal plus effrayant que la Bête du Gévaudan travestie en images de synthèse. Le chien des Baskerville, c'est tout de même autre chose que le « Pacs des loups » : une sorte de Jack l'Éventreur canin, carrément. Il fait penser à ces bestioles de légende : le Monstre du Loch Ness, le Yéti de l'Himalaya, Jonah Lomu des « All Blacks »...

Après Edgar Allan Poe, Conan Doyle peut être considéré comme l'inventeur du roman policier moderne : Sherlock Holmes est un digne descendant de l'Auguste Dupin du *Double Assassinat dans la rue Morgue*, auquel il ajoute le traitement scientifique des indices (on peut dire qu'Hercule Poirot et l'inspecteur Columbo lui doivent tout), mais aussi une dimension nouvelle : le Suspense. Contrairement à Agatha Christie, qui commence toujours ses énigmes après le meurtre, Conan Doyle ne se contente pas d'un jeu de déductions logiques à la « Cluedo » : il sait aussi faire monter la peur, nous terrifier autant qu'Alfred Hitchcock. En ce sens, on pourrait estimer que Thomas Harris ou Patricia Cornwell devraient reverser un pourcentage non négligeable de leurs royalties au Musée Sherlock Holmes (221B Baker Street, London).

Enfin, pour finir sur une anecdote amusante : l'année dernière, un inspecteur d'auto-école du Devon a accusé Conan Doyle d'avoir assassiné son ami Fletcher Robinson pour lui voler non seulement l'idée du *Chien des Baskerville*, mais aussi sa femme. La réalité dépasserait-elle la fiction ? Non : la fiction est plus intéressante que ces élucubrations auxquelles Scotland Yard n'a pas donné suite.

N° 43 | LA VIE MODE D'EMPLOI *de Georges Perec* *(1978)*

La quarante-troisième place de ce hit-parade échoit à Georges Perec (1936-1982) pour *La Vie mode d'emploi*, Prix Médicis 1978. Je pense qu'il lui aurait plu de figurer sur cette liste, lui qui raffolait tant des inventaires.

Ici je voudrais ouvrir une parenthèse : c'est très encombrant, le titre d'un livre. On a beau croire que le titre importe moins que le contenu, il influence tout de même notre lecture paresseuse. Quand on pense qu'*À l'ombre des jeunes filles en fleurs* a failli s'intituler « Les colombes poignardées », on en frémit de dégoût. Tandis que *La Vie mode d'emploi* s'avère non seulement un titre magnifique, mais surtout un parfait résumé de ce que doit être un roman. L'éditeur Olivier Cohen a eu tout à fait raison de le rappeler (dans un article au journal *Le Monde*) : la littérature ne sert à rien d'autre qu'à nous donner un mode d'emploi de la vie. Que sont les 50 livres du siècle, sinon autant de guides pratiques qui nous apprennent comment vivre ou refuser le mode de vie imposé par la société ? Fin de la digression.

Perec était un fou de mots croisés et de jeux d'échecs, comme Nabokov ; il faisait partie de l'Oulipo (« OUvroir de LIttérature POtentielle »), une secte de matheux pratiquant les jeux de langage avec plus d'humour que les zombies du Nouveau Roman, et c'est pourquoi toutes ses œuvres sont des exercices de style — d'ailleurs nul hasard si *La Vie mode d'emploi* est dédiée à Raymond Queneau : l'idée n'est pas seulement de jouer avec la forme, de faire des exploits pour montrer comme on est balèze, mais de se servir des contraintes comme d'un tremplin pour exprimer sa « racontouze ».

La Vie mode d'emploi n'est pas un roman, c'est un immeuble. Celui du 11 rue Simon Crubellier, décrit minutieusement, étage par étage, chambre après chambre, habitant par habitant. Perec a mis dix ans à disséquer cet immeuble en 99 chapitres, 107 histoires différentes et 1 467 personnages. On peut lire ces « romans » (Perec a sous-titré ainsi son livre) dans tous les sens, choisir un étage plutôt qu'un autre, suivre certains de ses locataires plutôt que leur voisin, Perceval Bartlebooth plutôt que Gaspard Winckler par exemple, grappiller telle description ou anecdote : le projet de Perec, démentiel et mégalo, est de montrer que tout est passionnant vu au microscope. Que chaque immeuble de chaque rue de chaque ville contient un univers regorgeant de milliers d'aventures uniques et pittoresques que personne ne racontera jamais (sauf lui).

Il arrive parfois que l'idée d'un livre soit meilleure que le résultat. À partir de la même démarche, Perec a écrit un autre bouquin sur la place Saint-Sulpice qui s'appelait *Tentative d'épuisement d'un lieu parisien*. Ce que montre *La Vie mode d'emploi*, peut-être par défaut, c'est que la réalité est inépuisable, qu'aucun romancier n'en viendra jamais à bout, que vouloir épuiser la réalité c'est surtout risquer d'épuiser le lecteur. Alors choisissez vous-même : de Perec, je préfère *Les Choses* (1965), le meilleur roman sur la civilisation du désir matériel, ou *Je me souviens* (sur une idée de Joe Brainard), car *La Vie mode d'emploi*, tout comme *Ulysse* de Joyce, reste une œuvre-limite, une expérience, un fourre-tout, un puzzle, un magma, un gloubi-boulga, appelez cela comme vous voudrez : une montagne qui accouche d'une grenouille ou une souris qui veut se faire grosse comme un bœuf ?

Récemment les éditions Zulma ont publié le *Cahier des charges de « La Vie mode d'emploi »* et l'on s'est aperçu avec terreur que tous les événements du livre étaient déterminés à l'avance : avec une rigueur qui confine au masochisme, Perec s'était autofixé des règles d'écriture absolument délirantes (par exemple on se déplace dans l'immeuble comme le cavalier dans une partie d'échecs, ou bien tel chapitre devait tenir en six pages, et comporter une liste de mots préétablie, etc.). Il n'y a aucun doute sur le fait que Perec soit un virtuose hallucinant et son livre un exploit sans précédent. Mais une prouesse technique ne donne pas forcément un chef-d'œuvre, et l'on a toujours du mal à suivre un personnage quand on sait que son auteur refuse de le laisser aller où il veut.

Nº 42 | LE SILENCE DE LA MER *de Vercors* *(1942)*

Tiens, ça alors, le numéro 42 est un livre publié en 42, dingue la vie qu'on mène, on se rend pas compte mais certains trucs nous dépassent totalement, parfois on se sent tout petit.

Le Silence de la mer de Vercors (1902-1991) fut le premier livre édité dans la clandestinité à 350 exemplaires par les Éditions de Minuit, maison centrale de la Résistance créée par lui et Pierre de Lescure (enlevez la particule et vous obtiendrez le nom de son petit-fils, l'ancien P.-D.G. de Canal +) en 1941. Jean Vercors, dont le vrai nom était Jean Bruller, lança ce brûlot au péril de sa vie. Évidemment, on pourrait penser que *Le Silence de la mer* a aujourd'hui davantage une valeur historique et sentimentale que littéraire : il n'en est rien alors il ne faut pas penser n'importe quoi.

L'intrigue est très simple : en 1940, un officier allemand loge chez l'habitant dans un village de la zone occupée ; chaque soir il parle en français à ses hôtes qui ne lui répondent pas. Par leur silence, les occupés, un vieil homme et sa nièce, manifestent leur résistance envers le squatteur (un peu comme Gandhi devant l'occupant britannique). On voit que la métaphore n'était pas très fine : mais les nazis ne brillant pas non plus par leur subtilité, il fallait faire dans l'efficace. Un sympathique homonyme, Yves Beigbeder, a dit une chose juste sur *Le Silence de la mer* que je m'empresse donc de citer ici : « Il s'agissait de faire, sinon une littérature de combat — cela viendrait un peu plus tard —, du moins une littérature de l'affirmation de la dignité. » Le mutisme de ces Français symbolise bien cette période terrible de solitude, cette armée des ombres, ces passe-murailles, ces profil-bas qui ne pouvaient pas dire « non » parce que pour cela, il fallait émigrer en Angleterre ou risquer sa peau, mais qui ont murmuré non, qui ont grommelé non, qui ont vécu dans le non. Peu à peu, l'officier allemand, Werner von Ebrennac, les respecte, ces muets, finit presque par les admirer, et à la fin, le vieux et sa nièce l'admirent aussi, d'une certaine manière. Bien qu'engagé, nous ne sommes pas en présence d'un roman manichéen : le seul moment du livre où la fille parle c'est pour dire « adieu » au boche quand il s'en va. Aujourd'hui, si un jeune auteur publiait l'histoire d'un soldat de la Wehrmacht cultivé et sympa, qui parle avec des résistants des droits de l'homme et de Mozart, ce serait un scandale national : pourtant telle est bien l'histoire que raconte *Le Silence de la mer* — comment des gens civilisés se sont fait la pire guerre de tous les temps. S'il paraissait aujourd'hui, le grand roman de la Résistance serait sans nul doute traité de « révisionniste » par les apôtres actuels du politiquement correct.

La force du *Silence de la mer* tient aussi à son écriture très sobre : « Le silence se prolongeait. Il devenait de plus en plus épais, comme le brouillard du matin. Épais et immobile. L'immobilité de ma nièce, la mienne aussi sans doute, alourdissaient ce silence, le rendaient de plomb. L'officier lui-même, désorienté, restait immobile, jusqu'à ce qu'enfin je visse naître un sourire sur ses lèvres. » C'est un roman très court (presque une nouvelle en vérité, Vercors étant un grand lecteur de Katherine Mansfield) qui fait froid dans le dos, pèse lourd, vous noue le ventre et vous fait physiquement ressentir ce qu'a dû être l'ambiance délétère et oppressante de l'occupation allemande. Il a même un côté « Nouveau Roman », si l'on y réfléchit — un livre entier sans ouvrir la bouche, dans un style glacé et sec : voilà qui annonçait déjà ce que deviendraient les Éditions de Minuit après la guerre, avec la bande à Lindon.

Nº 41 | BONJOUR TRISTESSE *de Françoise Sagan* *(1954)*

Le numéro 41 de notre hit-parade n'est toujours pas moi mais je suis tout de même de très bonne humeur car il s'agit d'un de mes livres préférés : *Bonjour tristesse.* Je suis d'accord avec le vote de notre corps électoral : parfois, la démocratie culturelle a du bon, surtout quand elle permet de rafraîchir la mémoire à des critiques endormis et des élites amnésiques.

Bonjour tristesse est le premier roman de Françoise Sagan mais c'est surtout un des rares miracles de ce siècle. En 1954, une jeune fille à papa de 18 ans, à Cajarc dans le Lot, prend son stylo et écrit dans son petit cahier : « Sur ce sentiment inconnu dont l'ennui, la douceur m'obsèdent, j'hésite à apposer le nom, le beau nom grave de tristesse. C'est un sentiment si complet, si égoïste que j'en ai presque honte alors que la tristesse m'a toujours paru honorable. Je ne la connaissais pas, elle, mais l'ennui, le regret, plus rarement le remords. Aujourd'hui, quelque chose se replie sur moi comme une soie, énervante et douce, et me sépare des autres. » Toute la musique, le charme et la mélancolie de Sagan sont déjà contenus dans le premier paragraphe de son premier livre. Durant le reste de sa vie, elle n'a fait que décliner la douceur de la tristesse, l'égoïsme de l'ennui, la crainte de la solitude. En fait elle s'appelle Françoise Quoirez mais a pris comme pseudonyme le nom d'un personnage trouvé dans *Albertine disparue*, parce que, à 18 ans, elle est déjà effrayée par le temps perdu. Est-ce pour quoi elle est allée si vite ? Ce n'est pas non plus par hasard qu'elle a chipé le titre de son roman dans un poème d'Eluard intitulé *La Vie immédiate*.

Et que raconte-t-elle ? L'histoire de Cécile, une gosse de riches malheureuse qui passe des vacances avec son veuf de père et sa maîtresse sur la Côte d'Azur. Tout se déroule à merveille, dans une ambiance frivole et aérienne, jusqu'au jour où le père décide d'épouser sa maîtresse, Anne, une femme assez sérieuse et équilibrée qui risque de casser cette vie nonchalante. Cécile manigance alors tout un complot à la Laclos pour que ce projet échoue. Elle réussit son coup mais le vaudeville finit en tragédie, bien sûr allais-je dire : ainsi la fête ne cache plus le désespoir, la rigolade ne fera plus oublier que l'amour est impossible, le bonheur effrayant, le plaisir vain, et la légèreté grave… « Mon père était léger, d'une légèreté sans remède. » En 33 jours, la petite Quoirez a saisi son époque. Rarement dans le siècle aura-t-on eu la certitude aussi instantanée d'un état de grâce absolu : « Je connaissais peu de choses de l'amour : des rendez-vous, des baisers et des lassitudes. »

Même si Sagan a bâclé certains de ses romans suivants, elle est restée éternellement fidèle à Cécile, la narratrice de *Bonjour tristesse* : elle fut une folle futile et profonde, une Zelda Fitzgerald française, qui gagna son manoir normand au casino de Deauville et failli crever comme Nimier d'un accident d'Aston Martin, une enfant gâtée toujours capable de nous battre, Édouard Baer et moi, au concours de vodka-tonic du Mathis Bar (2 rue de Ponthieu, Paris 8e), une dame tellement généreuse qu'elle est en train de finir complètement fauchée et malade, saisie par le fisc, accro à la coke, et abandonnée par sa cour… *Bonjour tristesse* fut un scandale, puis un phénomène de société mais aujourd'hui que le tintamarre est oublié, qu'en reste-t-il ? Un petit roman parfait, débordant d'une émotion fragile, un livre comme on en lit très peu dans sa vie, un chef-d'œuvre mystérieux, impossible à analyser, qui vous fait vous sentir à la fois moins seul et plus seul. Mauriac a eu raison de traiter Sagan de « charmant monstre ». Il faut être un monstre pour avoir l'humilité de se faire toute sa vie passer pour une fêtarde, quand on est un génie, et, au passage, la seule femme vivante de notre liste.

N° 40 | LA MONTAGNE MAGIQUE *de Thomas Mann* *(1924)*

Le numéro 40 n'est toujours pas moi, mais l'Allemand Thomas Mann (1875-1955), l'auteur de *La Mort à Venise* à laquelle nos sondés ont préféré *La Montagne magique* (un livre pourtant beaucoup plus épais), peut-être parce que ce livre a valu à son auteur le Prix Nobel de Littérature 5 ans après sa publication, en 1929.

L'intrigue de *La Montagne magique* ressemble un peu à celle de *La Mort à Venise* (parue 12 ans auparavant) : dans les deux cas, ce sont des gens en voyage qui se retrouvent confrontés à eux-mêmes, face à face avec la vérité et qui disent adieu au XIXe siècle. Que c'est beau, j'ai envie de pleurer car aujourd'hui nous disons adieu au XXe siècle. Écrit entre 1912 et 1923, *Der Zauberberg* est le chef-d'œuvre de la littérature de Weimar, l'Allemagne d'avant Hitler, démocratique et cultivée ; a posteriori, on ne peut pas l'ouvrir sans songer au cataclysme qu'il ne cesse d'annoncer entre les lignes.

Thomas Mann, pour le monde entier, incarne l'anti-Hitler : un artiste qui a réussi.

Hans Castorp, un jeune Allemand, rend visite à son cousin dans un sanatorium de Davos (DÉJÀ ? Oui, Davos, la fameuse station de sports d'hiver suisse était déjà le lieu de rendez-vous des maîtres du monde ; cela fait longtemps que les grands capitalistes aiment à s'y rassembler). Hans devait y rester 3 semaines mais finalement il demeurera là-bas 7 ans, jusqu'à la guerre de 14. Pourquoi ? Est-il tombé malade lui aussi ? N'a-t-il strictement rien de mieux à faire ? Aurait-il perdu la boule par hasard ? Non, simplement ce bourgeois de Hambourg — donc ce hamburger — qui se retrouve dans la montagne est frappé par l'immensité de ses paysages, il fuit la vie moderne pour redécouvrir un rythme plus naturel, lit des livres, ouvre les yeux, refait le monde avec les clients de cette pension, tombe amoureux d'une des malades (Mme Chauchat), enfin bref, il vit, quoi, bon sang, vivre, ce geste qu'on a tendance à oublier si vite... « Tiens-toi tranquille et laisse pendre ta tête, puisqu'elle est si lourde. Le mur est bon, les poutres sont en bois, une certaine chaleur semble même s'en dégager, pour autant qu'il peut, ici, être question de chaleur ; une discrète chaleur naturelle ; peut-être n'est-ce que de l'imagination, peut-être est-ce subjectif... Ah ! tous ces arbres ! Oh ! ce vivant climat des hommes vivants ! Quel parfum !... »

Il est assez amusant de voir que des milliers de romans du XXe siècle ont cherché constamment à fuir la civilisation. Comme si la littérature était le dernier lieu de résistance contre le progrès technique et industriel. Il n'y a pas que Thomas Mann (qui a fui également le nazisme en 1933) : il y a aussi son contemporain Hermann Hesse, il y a Kerouac et tous les travel-writers — quand c'est réussi cela donne *Au-dessous du volcan* de Malcolm Lowry, quand c'est raté *L'Alchimiste* de Paulo Coelho. Thomas Mann a crié, en 1924, *La Montagne magique* dans la vallée du temps, et l'écho s'en est répété jusqu'à nos jours… Jusqu'à *La Montagne de l'âme* de notre Chinois national, le Prix Nobel de Littérature 2000 : Gao Xingjian ! (Au fond, décrocher le Nobel n'est pas très sorcier : il suffit de mettre le mot « Montagne » dans le titre de votre bouquin.)

Roman d'apprentissage mais aussi symphonie wagnérienne, la Montagne de Thomas Mann n'est pas seulement magique, elle est hypnotique, voire somnifère : un envoûtement que Stanley Kubrick a très bien montré dans son film *Shining* (en gros, tout écrivain isolé sur une montagne finit complètement dingue). Milan Kundera dans ses *Testaments trahis* parle du « ton souriant et sublimement ennuyeux de Thomas Mann », et même si ce n'est pas très gentil, il y a là un fond de vérité. Je rappelle que les deux sœurs de Thomas Mann, ainsi que deux de ses fils, Klaus et Michael, se suicidèrent. Et que moi-même je ne me sens pas très bien.

Nº 39 | L'AMANT DE LADY CHATTERLEY *de D. H. Lawrence* *(1928)*

Attention : les choses se compliquent. Il ne faut pas confondre David Herbert Lawrence, dit « D. H. » (1885-1930), avec T. E. Lawrence, dit Lawrence d'Arabie, qui vécut à la même époque (1888-1935), mais ne figure pas à la 39ᵉ place de notre hit-parade car il n'a pas écrit *L'Amant de Lady Chatterley*.

Il s'agit d'un roman un peu leste qui choqua les gens par sa crudité en 1928 : publié en Italie, il fut censuré en Angleterre et en Amérique jusqu'à la fin des années 1950. Beaucoup de romans de notre liste ont été censurés à leur sortie, comme si pour faire partie du hit-parade du siècle il fallait absolument faire scandale : *Lolita*, *Ulysse*, et *Lady Chatterley's Lover* (aujourd'hui c'est surtout le nom de « Chatterley » qui provoque quelques gloussements dans les pays francophones) (il est vrai que choisir d'appeler « Chatterley » un personnage de bourgeoise nymphomane, il fallait oser).

Lady Chatterley n'a pas froid aux yeux, la coquine. Il faut dire que son mari Clifford est paralysé du bas à la suite d'une blessure de guerre, ce qui n'est pas le cas du garde-chasse, Oliver Mellors, un homme certes moins raffiné mais plus viril. À l'époque, on négligeait la jouissance féminine. Madame Chatterley revendique donc le droit à l'orgasme dans le pays le plus coincé du monde. Connie Chatterley est l'Emma Bovary d'outre-Manche, mais aussi l'ancêtre de toutes nos jeunes romancières obsédées par leur corps ; elle avait juste 70 ans d'avance sur Claire Legendre, Alice Massat ou Lorette Nobécourt.

On aura compris que *L'Amant de Lady Chatterley* est avant tout un hymne à la sexualité amoureuse, à la vérité des sens plutôt qu'au puritanisme, mais aussi à la liberté contre la morale, à l'infidélité contre le mariage, à la nature contre la société, et au mélange des classes. Déjà, dans une lettre de 1913, DHL (qui, malgré ses initiales, ne faisait pas porter ses missives par coursier) déclarait : « Que m'importe la connaissance ? Tout ce que je veux, c'est répondre à mon sang, directement, sans intervention futile de l'intellect ou de la morale ou de toute autre chose. » Quinze ans plus tard, D. H. Lawrence va plus loin que son sang : l'arrivée du sexe dans la vie de Lady Chatterley constitue selon lui une révolution analogue à la bombe à retardement marxiste. Le plaisir est politique ! Lawrence rêve d'une « démocratie du toucher », capable de transcender la lutte des classes. Ah… Si les riches couchaient plus souvent avec les pauvres… Le monde serait plus uni (en outre, les pauvres sont de meilleurs coups, d'où l'intérêt des vacances en camping). D. H. Lawrence est sans nul doute le premier initiateur de ce que l'on a appelé la révolution sexuelle, cette transformation des mœurs qui, comme chacun sait, a eu lieu entre 1965 (arrivée de la pilule) et 1982 (débarquement du sida), et se trouve enterrée depuis.

D. H. Lawrence a écrit de nombreux livres beaucoup plus intéressants que cette œuvre olé-olé, ce « bouquet génital » (l'expression est d'Henry Miller) qui fut la dernière œuvre de sa vie (on pense à *Femmes amoureuses* et au *Serpent à plumes*) et pourtant c'est celle-ci que l'histoire littéraire a retenue. Conclusion : la postérité est une poule de luxe encore plus infidèle que Lady Chatterley (dont le modèle, l'Allemande Frida von Richtofen, cocufiait allégrement Lawrence, avec sa bénédiction). Quant au scandale, la méthode fonctionne toujours : regardez *American Psycho* de Bret Easton Ellis et *Les Particules élémentaires* de Michel Houellebecq, qui furent lancés par la polémique. Quand le tintamarre s'apaise, il reste deux romans essentiels de la fin de ce siècle, qui méritaient de figurer sur cette liste (si le sondage avait lieu dans 20 ans, nul doute qu'ils y auraient été inscrits d'emblée).

Bien sûr j'aurais aussi pu vous raconter mes expériences sexuelles avec les animaux et certains fruits et légumes mais ce sera pour une prochaine fois.

Nº 38 | AUTANT EN EMPORTE LE VENT *de Margaret Mitchell* *(1936)*

Excusez-moi mais quand je pense qu'il n'y a même pas un Gérard de Villiers dans ce Top 50 des livres du siècle, ça me déçoit beaucoup. En plus le numéro 38 est Margaret Mitchell (1900-1949) pour *Autant en emporte le vent*, simplement parce que nos 6 000 votants ont vu un vieux film avec Clark Gable !

Vous me direz, *Gone With the Wind*, le pavé original, est préférable au film, et encore plus au remake de Régine Deforges (*La Bicyclette bleue*), même avec Laetitia Casta dans le rôle (mmm… quoique). Sachez que cette moue dubitative m'a rendu célèbre dans tout le quartier de l'Odéon. Mouiii. (Ici le lecteur devra m'imaginer levant le sourcil droit pendant 5 secondes.) Après mûre réflexion, comme j'ai fait Sciences-Po, je vous dirai qu'en ce qui concerne *Autant en emporte le vent*, il y a du pour et du contre.

Le pour : oui, bon, d'accord, il est heureux que figurent quelques best-sellers dans cette liste. À force d'expériences narratives et d'innovations formelles, le XXe siècle a eu tendance à oublier que le roman consiste aussi tout simplement à raconter une histoire, une aventure humaine, un amour perdu, à inventer des personnages flamboyants comme ceux d'Alexandre Dumas et à les faire courir dans les prés, galoper à cheval (ou courir à cheval et galoper dans les prés), et s'embrasser devant une ville en flammes comme Scarlett O'Hara et Rhett Butler. Pour le romanesque, faut que ça cavale, que ça couche, que ça se quitte, que ça se retrouve et que ça recouche ! La littérature doit être un film en CinémaScope projeté à l'intérieur de notre tête. Si Jacques Laurent était toujours en vie, il vous aurait expliqué cela mieux que moi, mais puisqu'il vient de nous quitter, reportez-vous à son *Roman du roman* (Éditions Gallimard, 1978).

Le contre : c'est tout de même un livre très mièvre, aux ficelles usées — la fresque historique, la guerre qui tue les gens, le beau mec cynique et la petite dinde amoureuse dont l'amour pur est menacé par la folie des hommes… Justement, depuis qu'on a inventé le cinématographe, on se dit que peut-être ces histoires-là ont fait leur temps dans le roman moderne. Quand on n'a que 50 bouquins à retenir pour résumer un siècle aussi agité et révolutionnaire que le nôtre, je ne suis pas sûr que *Gone With the Wind* soit complètement indispensable. C'est un livre du siècle précédent ! Victor Hugo, d'accord, pas Max Gallo ! Par la faute de Margaret Mitchell, cette aimable Sudiste, les librairies du monde entier sont chaque année encombrées de tonnes de romans à l'eau de rose sur fond de drames historiques et/ou de couleur locale. Des pavés où les après-midi sont « radieux », les garçons « vifs et ombrageux », et où les cils des filles se mettent à battre « aussi vite que des ailes de papillon ». Avons-nous vraiment patienté tous ces millénaires pour lire ceci : « Scarlett ne répondit rien mais son cœur se serra. Si seulement elle n'était pas veuve ! Si seulement elle était encore Scarlett O'Hara ! Elle porterait sa robe vert pomme garnie de rubans de velours vert foncé qui sautilleraient sur sa poitrine. » Autant en emporte ce roman !

Bien sûr j'aurais pu vous raconter aussi d'autres choses sur Scarlett, mon arrière-grand-père américain l'a bien connue dans les docks d'Atlanta ; dans sa jeunesse on la surnommait « la Goulue » et je peux vous garantir qu'elle n'était pas farouche…

Nº 37 | LA CONFUSION DES SENTIMENTS *de Stefan Zweig* *(1926)*

En 37e position se trouve, très clairement, *La Confusion des sentiments* de l'écrivain autrichien Stefan Zweig (1881-1942). Cette longue nouvelle est parue en 1926 : une très bonne année, 1926. L'année où Breton rencontre Nadja, celle où Bernanos croise Satan et où Agatha Christie tue Roger Ackroyd. Visiblement une des années les plus créatives du siècle : dans l'entre-deux-guerres, les gens écrivaient en ignorant que le ciel allait leur retomber sur la tête. La monarchie des Habsbourg au début du siècle était un endroit assez bien fréquenté : Schnitzler, Hofmannstahl, Kraus, Musil, mais aussi Rilke et Kafka… Plus tard, en 42, lorsqu'il s'apercevra que la catastrophe recommence, Stefan Zweig se suicidera au Brésil avec sa seconde femme.

C'est que ce Zweig est un garçon sensible, un poète viennois, un analyste fin et délicat du cœur humain influencé par les travaux de Sigmund Freud, son copain. Tous ses livres racontent des amours contrariées, des liaisons compliquées, des désirs inavoués ou inassouvis : il est le maître de la littérature psychologique. Et *La Confusion des sentiments* ne déroge pas à la règle : cet élève amoureux de son professeur, dans une époque où l'homosexualité est le pire des tabous, ne peut que courir au désastre. Roland est incapable de savoir ce qu'il éprouve vraiment : est-ce de l'admiration, de l'amour, de l'amitié, du désir ? Est-ce son professeur qui le drague, ou bien est-il un allumeur fou, ou encore un gros fayot flatté de plaire à son maître ? Dès que celui-ci le tutoie, il part en courant, et finira par se taper sa femme pour se changer les idées. C'est cela, la « confusion des sentiments » : notre cerveau est assez bien fichu pour pas mal de choses, la mémoire, la raison, l'imagination ; mais il est incapable de nous aider dès lors qu'il est question de passion. Nous sommes alors livrés à nous-mêmes : quand sait-on que l'on est amoureux pour de vrai ? Est-ce que nous décidons d'aimer ou est-ce que ça nous tombe dessus ? Peut-on choisir qui l'on aime ou se contente-t-on de suivre des élans incontrôlables ? Comment s'y retrouver dans le brouillard de l'âme humaine ? (Au fond, le livre aurait très bien pu s'intituler « Tempête sous un crâne ».)

La Confusion des sentiments, subtile confession d'une fascination, montre comment la pédagogie peut tourner à la passion. J'aimerais susciter chez vous pareil éveil ! Tout élève sensible peut basculer devant son brillant professeur (comme dans le film *Le Cercle des poètes disparus*). L'original, chez Zweig, c'est que le professeur craque encore plus que l'élève. Très subjectivement, ce n'est toutefois pas ce livre-ci que j'aurais choisi si l'on m'avait sonné. On pouvait préférer *Amok* : dans les Indes néerlandaises, l'histoire de cette femme que son médecin refuse d'avorter et qui en meurt ; ou *Vingt-Quatre Heures de la vie d'une femme* : en une nuit à Monte-Carlo, une femme tombe amoureuse d'un joueur qui se sert d'elle pour retourner au casino ; ou *La Pitié dangereuse* : dans un bal, un type invite à danser une nana paralysée et, pour se faire pardonner cette gaffe, va lui rendre visite, or celle-ci prend sa pitié pour de l'amour, et se suicide à la fin. Je propose pour résumer Stefan Zweig l'équation suivante : Zweig = (Goethe + Freud) × Proust. J'espère, au moins, ne pas être trop confus.

N° 36 | ZAZIE DANS LE MÉTRO
de Raymond Queneau
(1959)

Ah tiens le numéro 36 n'est toujours pas moi, qu'est-ce que je m'imaginais ? Cémoikialérdinkon !

Le numéro 36 est Raymond Queneau (1903-1976), l'immense inventeur qui est allé du Surréalisme à l'Oulipo en passant par le collège de Pataphysique et les *Exercices de style*. Tous les endroits où la syntaxe était malmenée, où les mots étaient triturés au XXe siècle, cet énergumène les a fréquentés. Il est l'autre violeur du verbe (après Céline et avant San-Antonio). Il est surtout l'auteur de *Zazie dans le métro* qui commence par un seul mot : « Doukipudonktan ».

Zazie dans le métro peut être considéré comme une version « ado » du *Voyage au bout de la nuit*, puisque l'argot, le français parlé, l'orthographe bousculée, les calembours et abréviations phonétiques ne sont pas ses seules armes. La narration réaliste aussi est remise en cause : comme chez son ami Boris Vian, les personnages de Queneau semblent sortis d'un rêve, accomplissent des besognes absurdes et ne respectent rien, pas même la crédibilité du récit. Pour faire genre, on pourrait dire que Queneau est naturaliste dans la forme et anti-naturaliste sur le fond, ce qui peut surprendre de la part d'un membre éminent de l'Académie Goncourt.

Zazie a 12 ans comme *Lolita*, mais elle couche moins, même si elle dit tout le temps « mon cul ! » Elle débarque en train à Paris, gare d'Austerlitz, pour passer 2 jours chez son oncle Gabriel, qui est strip-teaseuse dans un cabaret « hormosessuel ». Ils vont faire le tour de la ville mais pas en métro car celui-ci est en grève. Ils croisent des personnages tous plus burlesques les uns que les autres : la serveuse Mado Ptits Pieds, la veuve Mouaque, le playboy raté Pédro-surplus et Fédor Balanovitch le guide du Paris by night... Plutôt qu'un roman de formation, c'est le roman d'une déformation : Zazie apprend la liberté en visitant une capitale de carton-pâte (la tour Eiffel, les Invalides, le Sacré-Cœur...). Il se cache quelque chose de très sérieux derrière l'apparente frivolité de cette promenade. Zazie regarde le monde adulte et semble se dire « Ah bon ? ce n'était que ça ? » Et Gabriel de s'écrier : « La vérité, comme si quelqu'un au monde savait cexé ! Tout ça c'est du bidon ! » À la fin du livre, quand Zazie rentre chez sa mère, celle-ci l'interroge :

« — Alors tu t'es bien amusée ?

— Comme ça.
— T'as vu le métro ?
— Non.
— Alors, qu'est-ce que t'as fait ?
— J'ai vieilli. »

Ferdinand Bardamu n'est plus très loin, ni Holden Caulfield, le héros de *L'Attrape-Cœur* de J. D. Salinger (publié 8 ans plus tôt), qui parlait à peu près le même langage : les « à kimieumieu » de Zazie faisant écho à ses « et tout » et ses « ou quoi ». On aurait pu aussi remonter plus loin, jusqu'à Rabelais, par exemple, mais la petite chérie aurait pris un coup de vieux alors restons-en là.

Souvent, les grands livres roulent des mécaniques, on a l'impression qu'ils friment en klaxonnant : « Attention : chef-d'œuvre ! », alors qu'à la lecture de *Zazie dans le métro*, tout semble facile ; l'humour, la tendresse, l'irrespect, le je-m'en-foutisme montrent que parfois un génie doit savoir cacher son génie pour être un vrai génie. Il ne s'agit pas de fausse modestie mais de vraie élégance, car comme dit Queneau : « c'est en lisant qu'on devient liseron. » Le principal exploit de ce livre ne serait-il pas de prouver une fois pour toutes qu'on peut très bien concilier l'avant-gardisme avec la rigolade ?

N° 35 | THÉRÈSE DESQUEYROUX
de François Mauriac
(1927)

Si je vous dis *Thérèse Desqueyroux* de François Mauriac (1885-1970), vous allez vous endormir, ou fermer ce livre, ou encore en profiter pour vous rendre dans votre cuisine pour chercher à bouffer, et pourtant ce sera une réaction un peu facile : oui, Mauriac, bien que romancier glauque, médiocre même (selon Nimier et Sartre), mérite son Prix Nobel de Littérature (reçu en 1952) et laissez-moi vous expliquer pourquoi.

Thérèse Desqueyroux (prononcer Desqueille-rousse, c'est du gascon) a tenté d'empoisonner son mari Bernard. Elle est arrêtée mais son mari la fait libérer pour sauver l'honneur de la famille. Vous imaginez l'ambiance quand elle revient au domicile conjugal. À la fois victime et bourreau, disons qu'elle est moyennement la bienvenue. Son mari va la séquestrer pour la pousser au suicide, mais au dernier moment la laissera partir.

Évidemment, résumé ainsi, ça fait un peu dramatique de France 3 scénarisée par Didier Decoin, mais il faut se replacer dans le contexte : paru en 1927, le 10e roman de Mauriac est une charge ultra-violente contre l'étouffante bourgeoisie de province (qu'il connaît bien puisqu'il est né à Bordeaux longtemps avant l'ouverture des bars techno sur les quais de la Garonne). Un milieu empoisonné par son hypocrisie, avec ses apparences qu'il faut toujours sauver, ses ragots malveillants, ses jalousies mesquines, ses mariages arrangés, ses générations traumatisées. Mauriac, c'est le Gide hétéro (en tout cas officiellement) ! Thérèse Desqueillerousse goûte aux nourritures terrestres ; telle une Lady Chatterley parfumée au pin des Landes, une Anna Karénine sans la toundra, ou une Princesse de Clèves roturière, elle s'écrie : « Je ne sais pas ce que j'ai voulu », dans un style très moderne, clair-obscur, rapide, simple, où tout est esquissé, suggéré, par petites touches, sans s'appesantir — bref, du grand Art.

Une femme a toujours raison de vouloir être charnelle. On n'a qu'une vie et il faudrait la gâcher avec un sinistre con sous prétexte qu'il a du fric, que tout le monde fait pareil et qu'on a été élevée pour fermer sa gueule ? Non, que diantre ! « Thérèse Desqueillerousse » est le premier roman féministe, voilà la vérité : Mauriac-Beauvoir, même combat ! Thérèse est totalement destroy, « elle fume comme un sapeur », s'évade de sa prison, et toutes les femmes du XXe siècle l'ont suivie. Or Thérèse Desqueyroux, c'est lui, Mauriac (il a lui-même déclaré qu'elle était son « double féminin », rééditant le coup de Flaubert avec sa Bovary) : il a toute sa vie critiqué le monde auquel il appartenait, sans jamais le fuir autrement que par la littérature. Mauriac est un dangereux espion, un riche qui hait les riches, un traître à sa classe qui erre dans les dîners en ville et à l'Académie française pour prendre des notes fielleuses sur ses notables congénères. Il est toujours sur le fil du rasoir, au risque de finir coupé en deux. Sa fascination pour le péché est sa façon à lui de se révolter. Comme tout bon catholique, il est attiré par l'interdit. Le vice n'a aucun intérêt sans la culpabilité (tel est le credo des papistes Sollers et Ardisson). Mauriac est démodé mais il s'en moque : il s'ennuierait aujourd'hui, puisque tout est permis ! Prendrait-il de l'ecstasy dans des backrooms landais ? Thérèse Desqueyroux porterait-elle une robe de latex et organiserait-elle des séances sadomasochistes dans une église désaffectée ? Finalement, ce qu'on reproche à Mauriac, c'est qu'il ne s'est jamais trompé (contre l'épuration, contre la guerre d'Algérie, etc.) ; rien n'est plus ennuyeux que quelqu'un qui a toujours raison.

N° 34 | LE BRUIT ET LA FUREUR *de William Faulkner* *(1929)*

En 34e position explose *Le Bruit et la Fureur*, l'œuvre ample et étrange de l'Américain William Faulkner (1897-1962), Prix Nobel de Littérature en 1949. L'idée du roman est en soi déjà très originale : partir de la célèbre phrase de Shakespeare — « La vie est une histoire pleine de bruit et de fureur racontée par un idiot, et ne signifiant rien » — et s'en servir comme contrainte. Obéir à l'autre William ! *The Sound and the Fury* est donc une histoire pleine de bruit et de fureur racontée par un idiot castré de 33 ans qui s'appelle Benjy et qui est amoureux de sa sœur cadette (laquelle, du coup, se prénomme Caddy car, malgré les apparences, ce livre est cohérent). Au début on n'y comprend pas grand-chose ; un long monologue mélange les personnages et les époques. Mais ce doit être volontaire puisque c'est un débile qui parle.

Visiblement, dans l'État du Mississippi, au sud des États-Unis, tout le monde est hystérique : les deux autres frères de Caddy, Quentin et Jason, expriment à leur tour, dans une langue très différente, leur jalousie et leur folie ; les domestiques noirs parlent en petit-nègre comme dans *Autant en emporte le vent* (paru peu après) ; leur père alcoolique finit par crever ; quand les personnages ne se suicident pas, ils couchent avec tout le monde. Faulkner a-t-il voulu appliquer la prescription de Shakespeare jusqu'au bout, à savoir écrire une histoire qui « ne signifie rien » ?

Que nenni. N'hésitons pas à l'affirmer sans ambages : même si Faulkner n'est pas d'une lecture aisée, il est capable de prouesses confinant à la sorcellerie. Il nous envoûte, nous hypnotise, comme ces tableaux tramés du Pop Art qu'il ne faut contempler qu'à une certaine distance sous peine de n'y voir qu'un ensemble de taches. L'opéra de Faulkner exige du recul, et pour en jouir il ne faut pas hésiter à sauter les passages hermétiques pour arriver à une image saisissante : celle de Quentin, par exemple, qui brise sa montre pour que le temps se remette à vivre (métaphore qui épata tellement Jean-Paul Sartre qu'il en pondit une étude intitulée « La Temporalité chez Faulkner »). Quand les œuvres d'art sont difficiles d'accès, on est généralement récompensé de ses efforts : le cerveau oublie la difficulté mais pas les images. Bien sûr, ce n'est pas toujours le cas : un livre peut très bien être à la fois compliqué et creux.

Car tout le monde n'est pas Faulkner. Comme toujours avec les génies qui ont inventé leur langue au XXe siècle, le problème vient des crétins suiveurs qu'ils ont inspirés. Par la faute de Proust, un paquet d'auteurs français se croient obligés de faire de longues phrases sur leur maman pour sembler intelligents ; à cause de Joyce, n'importe quel imposteur se croit poète quand il est juste illisible ; et si une bonne partie de la littérature américaine est phagocytée de gros romans du « Sud profond » (« Deep South ») avec viols, incestes, meurtres et fermiers alcooliques à tous les étages, c'est la faute à Faulkner, dont Nabokov raillait les « chroniques de cultivateurs de maïs ». Pauvre Faulkner : les soirées élégantes en smoking étant déjà prises par Fitzgerald et les phrases courtes par Hemingway, il a choisi ce qui restait, entre deux whiskies et trois scénarios invendus à Hollywood. Il en vaut la peine : entraînez-vous tous les matins à prononcer « Yoknapatawpha » (le nom de son comté imaginaire) ; c'est plus chic que « Pétaouchnok ».

Nº 33 | CENT ANS DE SOLITUDE
de Gabriel Garcia Marquez
(1967)

Sous prétexte que ce n'est pas moi qui suis numéro 33, et que c'est *Cent Ans de solitude* de Gabriel Garcia Marquez (né en 1928), d'aucuns pensent que c'est moi qui suis fou de solitude et confit dans l'aigreur… ce qui est, bien sûr, rigoureusement exact.

Cien años de soledad a déboulé de Colombie en 1967 tel un tremblement de terre. On peut dire qu'il y a un avant et un après ce livre dans l'histoire littéraire de ce siècle : depuis, on a pris goût aux romans latino-épiques (et pique et colégram), hauts en couleur, aux personnages délirants, aux rebondissements extravagants et tropicaux. Par ailleurs, il est curieux de constater que les grands romans de notre siècle reposent souvent sur une envie de condenser l'univers : une journée d'un alcoolique à Dublin, la vie d'un immeuble parisien, ou ici, cent ans dans un village colombien imaginaire, isolé du reste du monde, nommé Macondo.

Garcia Marquez choisit de nous relater l'histoire de la dynastie des Buendia, de José Arcadio qui a fondé le village jusqu'à son petit-fils à queue de cochon — Marie Darrieussecq n'a rien inventé — en passant par le Colonel Aureliano, dictateur fantoche qui évoque le Général Alcazar dans *Tintin chez les Picaros*. Macondo connaîtra toute la grandeur et décadence du XXe siècle : au départ c'est un petit bourg sympathique avec ses légendes (par exemple, le curé flotte dans les airs dès qu'il boit du chocolat) ; mais avec l'arrivée de l'ère moderne, la magie devient plus industrielle, ce sont les aimants qui attirent le fer, les longues-vues qui réduisent les distances, les photos qui arrêtent le temps, et toutes ces inventions aussi bizarres que la pierre philosophale des alchimistes : les routes, le travail, l'éducation, l'administration, la télévision, choses, certes utiles, mais qui nous éloignent de nous-mêmes.

Il y aura la guerre, l'arrivée des exploiteurs américains, et tout sera lavé par un déluge de pluie qui durera 4 ans. *Cent Ans de solitude* est une épopée tragi-comique, immense et dérisoire, qui a souvent été comparée à *Don Quichotte*, mais qui ressemble plus à la Bible, avec sa Genèse, son Exode, son Déluge et son Apocalypse ; oui, voilà une Bible latino, une Bible salsa, une « Buena Vista Social Bible », rédigée dans un style lyrique et ébouriffant.

D'ailleurs, je vais vous le prouver tout de suite : écoutez cela.

« Il avait échappé à tout ce que l'humanité avait subi de catastrophes et de fléaux. Il survécut à la pellagre en Perse, au scorbut dans l'archipel de la Sonde, à la lèpre en Alexandrie, au béribéri au Japon, à la peste bubonique à Madagascar, au tremblement de terre de Sicile et au naufrage d'une fourmilière humaine dans le détroit de Magellan. »

Vous le voyez bien, que ça décoiffe. Angelo Rinaldi exagère quand il dit que ce livre aurait dû s'intituler « Cent Ans de Platitude », même s'il est toujours rigolo d'énerver Jean Daniel. Le Sergent Garcia Marquez est toujours vivant, il a eu le Prix Nobel de Littérature en 1982, et beaucoup d'écrivains baroques lui doivent tout : José Saramago, Günter Grass ou Salman Rushdie, les deux premiers nobélisés, le dernier nobélisable. Moralité : écrivez des romans amples et touffus, vous aurez plus de chances d'avoir le Nobel qu'en paraphrasant Marguerite Duras.

Nº 32 | BELLE DU SEIGNEUR
d'Albert Cohen
(1968)

« Descendu de cheval, il allait le long des noisetiers et des églantiers, suivi des deux chevaux que le valet d'écurie tenait par les rênes, allait dans les craquements du silence, torse nu sous le soleil de midi, allait et souriait, étrange et princier, sûr d'une victoire » : oui, il serait numéro 32 sur la liste des 50 livres du siècle, et moi, tel Adrien Deume, je serais juste pathétique.

Belle du Seigneur d'Albert Cohen (1895-1981) est un Objet Littéraire Non Identifié quand il paraît en 68, en pleine pseudo-révolution de jeunes bourgeois honteux de l'être. Albert Cohen est un diplomate retraité à Genève dans sa robe de chambre, il a 73 ans, c'est son troisième roman après *Solal* et *Mangeclous*. Comment cet ami d'enfance de Marcel Pagnol a-t-il pu pondre une histoire d'amour aussi incroyable, jeune, virevoltante, passionnée et en même temps noire, cruelle, pessimiste, impossible ?

Dans les années 30, Solal est un beau Juif de Céphalonie, haut fonctionnaire à la Société des Nations, qui tombe amoureux d'une femme mariée, Ariane, et la drague pendant 350 pages, jusqu'à ce qu'elle quitte Adrien Deume, son piètre mari, qui se flingue. Le couple enfin libre s'aimera non pas 3 ans (allusion à un chef-d'œuvre méconnu) mais trois chapitres, jusqu'à la mort : l'amour en huis clos, le « sublime à jet continu » conduisent à l'ennui ou à l'autodestruction. Cette histoire, des milliers de romans l'ont déjà racontée : Tristan et Iseult, Roméo et Juliette, Paul et Virginie, Daniel Ducruet et Fily Houteman, alors pourquoi Ariane et Solal nous touchent-ils autant ?

Je crois que c'est dû à la force d'une écriture complètement libre, à la fois très cynique et très romantique (Cohen l'appelait sa « prolifération glorieusement cancéreuse »). Il faut savoir qu'Albert Cohen n'a pas écrit ce livre mais l'a dicté pendant 14 ans à haute voix à sa secrétaire puis à sa femme, Bella, ce qui explique certaines longueurs (les monologues d'Ariane dans sa baignoire, par exemple) mais surtout ce lyrisme incantatoire. La phrase de Cohen, sa manière d'apostropher le lecteur, de critiquer ses propres personnages, de se mettre lui-même en scène, est très contemporaine : il rappelle Boris Vian et annonce Jean Echenoz. Et puis il y a son humour juif, à la fois humble et orgueilleux, ridiculisant ses frères et magnifiant leur souffrance.

Comme tous les grands livres, *Belle du Seigneur* est un réservoir inépuisable : chaque lecture vous ouvre de nouvelles dimensions. On peut le voir comme un pamphlet contre la persécution nazie, un traité de séduction pour vieux play-boys à la Restif de la Bretonne, une critique du couple moderne et de la jalousie proustienne, la plus violente satire de la bureaucratie depuis Courteline, un éloge de l'amour vrai par opposition à la passion bidon, une caricature de la bourgeoise désœuvrée et narcissique (Ariane, personnage à la fois attendrissant et ridicule)…

À mon prétentieux avis, *Belle du Seigneur* ne devrait pas être à la 32e place mais dans les cinq premiers de cette liste. Certes, c'est un livre imparfait mais peu importe, tout ce qui est beau est imparfait, regardez-moi, par exemple.

Je vous aime, Albert Cohen, splendide vieillard qui n'avait pas besoin de Viagra pour être encore vigoureux. *Belle du Seigneur* n'est pas un livre, c'est une drogue, un testament, un cadeau du ciel, un chemin de croix, un passage de témoin, un livre qu'on caresse, qu'on chérit, qu'on offre à ses amis et qui vous rend meilleur, vous ouvre les yeux, vous transforme en vous faisant rire, pleurer, aimer, et attendre la mort, debout, fier et seul et valeureux et bon sang quand donc vais-je interrompre mes pitoyables babouineries ?

N° 31 | LE HUSSARD SUR LE TOIT
de Jean Giono
(1951)

Avant d'être un film de l'oncle de Guillaume Rappeneau, *Le Hussard sur le toit* fut d'abord un roman de Jean Giono, le Faulkner français (enfin, un gars du Sud, quoi). Notre collège de 6 000 électeurs a semble-t-il été fortement influencé par les livres qui ont été adaptés à l'écran. Pourquoi croyez-vous que *Le Mépris*, *Sous le Soleil de Satan*, *Autant en emporte le vent* ou *Le Nom de la rose* apparaissent dans ce Top 50 du siècle ? Parce que les gens les ont vus au cinéma, ce qui est moins fatigant que de les lire.

Or un vrai chef-d'œuvre de la littérature ne doit pas être adaptable à l'écran, il est fait pour rester écrit : personne n'a jamais réussi à tourner le *Voyage au bout de la nuit*, *Ulysse* ou *Belle du Seigneur*. Mais enfin je m'égare, ce ne sont pas mes oignons, revenons au *Hussard sur le toit*, son roman le plus stendhalien.

Et d'abord, que fiche ce hussard sur un toit ? Eh bien, il fuit une épidémie de choléra en 1838, à Manosque, ville natale de Giono. Il s'appelle Angelo Pardi (à ne pas confondre avec Branduardi qui n'est pas hussard mais barde sarde). Angelo est un Italien qui traverse la Provence jonchée de cadavres bleus en frictionnant les malades pour leur sauver la vie, une sorte de Fabrice del Dongo qui se prendrait pour le docteur Ross dans *Urgences*. Il tombe amoureux de Juliette Binoche, pardon, de Pauline de Théus, et ensemble ils bravent tous les dangers, mais voici qu'elle tombe malade, et Angelo la soigne, c'est-à-dire la frictionne, la frotte, sur les pieds, les jambes, les cuisses, il remonte, le ventre, hum hum, très chaud, et elle le tutoie alors que lui la vouvoie, mais il la ramène chez son mari, car il est homme d'honneur (il ne serait pas un peu « hormosessuel », comme dirait Queneau ?).

Nous sommes donc entraînés dans un road-book écolo (et parfois démago) aux rebondissements nombreux, avec de la générosité en veux-tu en voilà, des personnages vaillants et bons, le tout assaisonné de terreur, de violence, de courage, de paysages presque aussi majestueux que dans le magazine *Côté Sud*. Conclusion : même quand c'était un livre, *Le Hussard sur le toit* était déjà un film. Je préfère le pascalien *Un Roi sans divertissement*.

Évidemment, si l'on creuse un peu, Giono a surtout voulu créer un vrai héros de roman, comme on n'en fait plus. Son pacifisme prônant le retour à la terre lui a valu d'être emprisonné à la Libération en tant qu'inspirateur du vichysme. Quelle idée aussi d'accepter d'être publié dans un journal qui s'appelle *La Gerbe* ! Après guerre, il invente donc un homme parfait, qui passe au travers de toutes les catastrophes avec un sang-froid exemplaire — l'homme qu'il n'a pas été ? Ce faisant, il est un peu l'ancêtre des « hussards » (Nimier, Déon, Haedens lui rendront d'ailleurs de vibrants hommages). Il prône une littérature non pas de droite mais de droiture, tout en réhabilitant le picaresque à la Dumas, et ses aventuriers à tête haute.

Et puis comment ne pas craquer devant cette belle histoire d'amour non consommé (comme, drôle de coïncidence microbienne, dans *L'Amour au temps du choléra* de Garcia Marquez). Les plus belles passions sont celles qui n'ont pas lieu : si Pauline avait finalement largué son mari pour s'installer dans un F3 de la banlieue de Turin en compagnie du bel Angelo, serions-nous en train d'en parler ? Bien sûr que non, et le film eût été intitulé *Affreux, sales et méchants*.

N° 30 | LES FAUX-MONNAYEURS
d'André Gide
(1925)

Je tiens personnellement à ce que le numéro 30 soit André Gide, Prix Nobel de Littérature en 1950, même si « la nature a horreur du Gide » (dixit Henri Béraud).

André Gide est né à Paris 6e (19, rue de Médicis) en 1869 et mort à Paris 7e (1 *bis*, rue Vaneau) en 1951 — il a donc mis une vie entière pour bouger d'un arrondissement. Il souffre d'une réputation de trop « grantécrivain » (comme dit Dominique Noguez), c'est-à-dire de vieux scrogneugneu, tout ça parce qu'il a fondé *La Nouvelle Revue française* en 1908, qu'André Rouveyre l'a surnommé « le contemporain capital » et Arthur Cravan « le cabotin ». Il y a toujours eu en France des auteurs comme ça, sortes de gourous intelligents et néanmoins bourgeois. C'est ce qui fait la grandeur de notre pays. Mais Gide n'était pas si coincé que ça, comme le montrent *Les Faux-Monnayeurs*, son seul et unique roman. Gide est un riche huguenot qui s'encanaille.

Selon ses propres termes : « Je ne suis qu'un petit garçon qui s'amuse doublé d'un pasteur protestant qui s'ennuie » (*Journal*). Dans sa jeunesse, ce dandy était même très sulfureux : en réalité, la vie de Gide a consisté à passer du soufre à la souffrance, et des sens au sens.

Les Faux-Monnayeurs est un livre polyphonique, kaléidoscopique, géométrique, à multiples facettes (cochez la métaphore de votre choix). Il y a 35 personnages (collégiens, étudiants, écrivains, filles, garçons, surtout garçons) qui s'entrecroisent dans Paris et cherchent tous la même chose : échapper à leur destin tout tracé qui ressemble à de la fausse monnaie. Ils ne disent pas « Familles je vous hais » parce que Gide l'a déjà dit dans *Les Nourritures terrestres* en 1897, mais enfin ils le pensent très fort. Pourtant le gros roman de Gide a aujourd'hui vieilli, ne choque plus personne et la jeunesse ne se réveille pas pour le dévorer la nuit en 2001.

Eh bien, comme souvent, la jeunesse a tort, car *Les Faux-Monnayeurs* sont un hymne à la liberté. Liberté dans la forme, liberté dans le fond. À sa mort, Sartre (dans *Les Temps modernes*) et Camus (dans *Combat*) tombèrent enfin d'accord (et Dieu sait que c'était difficile) pour reconnaître que Gide était l'écrivain le plus libre du siècle. Pourquoi ? Parce qu'il savait reconnaître ses erreurs (en revenant d'URSS par exemple) et explorer ses contradictions (comme le tourisme sexuel). Et quelle fraîcheur encore aujourd'hui ! *Les Faux-Monnayeurs* sont le cri de sincérité d'une bande d'adolescents dans une époque de mensonge confortable. Quarante-trois ans avant Mai 68, le vieux scrogneugneu était un vrai révolté, un immoraliste hédoniste, qui osa dire qu'il aimait les mecs à une époque où Proust restait dans son placard.

Ce qui est très actuel aussi, c'est qu'un des personnages des *Faux-Monnayeurs*, Édouard, écrit un roman intitulé *les Faux-Monnayeurs* (de même que dans *Paludes* Gide écrit : « J'écris *Paludes* »). En outre Gide a publié un an après le *Journal des « Faux-Monnayeurs »* qui en est, en quelque sorte, le « making of ». Tout le monde fait aujourd'hui des « romans dans le roman » mais — rendons à André ce qui est à André — c'est Gide qui a inventé la mise en abyme en littérature (après Pirandello au théâtre, qui lui-même s'inspirait de la double action chez Shakespeare). Quand Annie Ernaux publie les brouillons de *Passion simple*, elle n'innove pas tant que cela. Lucidement, elle l'intitule *Se perdre*.

Enfin, surtout, *Les Faux-Monnayeurs* vous rendent plus fin, donc plus compliqué. Qu'est-ce que la littérature, sinon une élégante manière de couper les cheveux en quatre ? Par moments, Gide, qui a refusé quelques années plus tôt *Du côté de chez Swann*, semble pasticher Proust : « Entre aimer Laura et m'imaginer que je l'aime — entre m'imaginer que je l'aime moins, et l'aimer moins, quel dieu verrait la différence ? Dans le domaine des sentiments, le réel ne se distingue pas de l'imaginaire. Et, s'il suffit d'imaginer qu'on aime, pour aimer, ainsi suffit-il de se dire qu'on imagine aimer, quand on aime, pour aussitôt aimer un peu moins, et même pour se détacher un peu de ce qu'on aime… » Lire ce genre de prose, c'est comme faire un stage de développement accéléré du cerveau. La preuve ? Regardez-moi. Ça se voit pas ? Bon d'accord, peut-être pas à l'œil nu, mais à l'intérieur je suis le Yoda.

Lire Gide tu dois et ainsi plus profond tu deviendras.

Nº 29 | LE DÉSERT DES TARTARES
de Dino Buzzati
(1940)

Vous voulez savoir qui est le numéro 29 ? Attendez… Il ne faut pas être pressé… On a tout notre temps… Soyez un peu patient…

L'attente est tout le sujet du *Désert des Tartares*, fable fantastique de l'Italien Dino Buzzati (1906-1972). Beaucoup de livres du siècle torturent notre impatience : *Le Rivage des Syrtes* de Julien Gracq, écrit 10 ans plus tard, tout comme *En attendant Godot* de Beckett ou, plus récemment et dans un genre très différent, *L'Amour au temps du choléra* de Garcia Marquez. Au fond, tout bon livre doit provoquer l'attente, au moins celle du lecteur : pour qu'il ait envie de tourner les pages, il faut une tension, et quelle plus forte tension que de le faire poireauter ? Lire c'est espérer la page suivante : on n'aime jamais mieux un bouquin que quand il a su vous faire lambiner (on appelle cela le « suspense » ou le « moteur narratif » selon qu'on est Alfred Hitchcock ou élève de Normale Sup).

Dans le fort Bastiani, qui domine le désert (on ne sait ni très bien où, ni très bien quand, mais pour avoir l'air cultivé nous dirons que le contexte est borgésien), les soldats scrutent indéfiniment l'horizon à la recherche de n'importe quel événement qui pourrait justifier leur existence. N'importe quoi plutôt que l'ennui ! La métaphore est claire : dans notre siècle riche en catastrophes, les gens ont beaucoup espéré un monde meilleur, et ils ont obtenu l'inverse. Alors, comme le lieutenant Drogo, ils sont devenus avides de malheur : il n'y a pas une si grande différence entre craindre un drame et le souhaiter. Tout le mystère du *Désert des Tartares* réside dans cette ambivalence. Il ne se passe rien mais la vie s'écoule tout de même. Le lieutenant Drogo deviendra capitaine mais il aura gâché 35 ans de sa vie dans ce fort inutile et le jour où l'attaque aura réellement lieu, il ne la verra même pas. Ce n'est pas pour rien que Buzzati fut surnommé par certains critiques « le Kafka du soleil » (surnom qui, au passage, irait aussi comme un gant à Albert Camus).

Récemment une jeune femme de 29 ans, Anna Gavalda, a publié un espiègle recueil de nouvelles intitulé *Je voudrais que quelqu'un m'attende quelque part*. Le lieutenant Drogo cherche le contraire : il voudrait attendre quelqu'un quelque part. Nous sommes tous comme l'une et l'autre. Quand nous sommes amoureux, nous attendons que le téléphone sonne. Quand nous sommes malades, nous attendons la guérison. Quand nous sommes très malades, nous attendons la mort. Vivre, c'est attendre qu'il nous arrive quelque chose : on croit tout contrôler mais en fait, comme dit Vialatte, « l'homme est un animal à chapeau mou qui attend l'autobus 27 au coin de la rue de la Glacière ». C'est tout. Et en plus il va peut-être se mettre à pleuvoir. L'homme est un animal angoissé qui, pourtant, ne peut s'empêcher d'espérer qu'il fera beau. Buzzati a transformé la métaphysique : s'il n'y a plus d'au-delà, alors à quoi sert la vie ? À n'attendre rien, mais à l'attendre quand même. L'art devient alors comme une longue patience. « Il n'y a personne qui regarde, personne ne vous dira bravo » et, cependant, tout être humain est un héros qui se fait sans cesse poser des lapins par l'existence.

Nº 28 | ULYSSE
de James Joyce
(1922)

Ulysse de James Joyce (1882-1941) a amplement mérité sa place dans ce hit-parade, ne serait-ce qu'au poids. Roman-phare de l'œuvre d'un Irlandais alcoolique presque aveugle, émigré au Fouquet's dans les années 1920 et publié à Paris le jour de ses 40 ans, *Ulysse* est surtout, comme dit Olivier Rolin, une « encyclopédie de tous les genres », qui a provoqué en littérature la même révolution que le Cubisme en peinture. D'ailleurs, on peut se demander, sur les 6 000 personnes qui ont renvoyé leur bulletin pour établir ce classement, combien ont vraiment lu les 858 pages d'*Ulysse* jusqu'au bout…

Moi, j'ai de la chance, j'ai toute une équipe de nègres qui lisent pour moi : Patrick Poivre d'Arvor, Claire Chazal et Philippe Labro, non je plaisante, en fait je suis seul comme un chien.

Résumer *Ulysse* prendrait trois heures et nous n'avons que trois pages. Disons que le roman raconte, sous forme de collage, les pérégrinations d'un Dublinois nommé Leopold Bloom à travers sa ville-théâtre en compagnie d'un copain, Stephen Dedalus, pendant une seule journée, celle du jeudi 16 juin 1904. Le titre doit nous mettre sur la voie : si Joyce l'a appelé *Ulysse*, c'est qu'il voit ce livre comme un pastiche de l'*Odyssée* d'Homère. En fait d'odyssée, on pourrait plutôt parler d'une tournée générale qui démarre au petit déjeuner et finit au bordel, comme toutes les virées réussies. Le roman s'achève sur le monologue intérieur de Molly Bloom sans ponctuation mais avec rédemption : « et comme il m'a embrassée sous le mur mauresque je me suis dit après tout aussi bien lui qu'un autre et alors je lui ai demandé avec les yeux de demander encore oui et alors il m'a demandé si je voulais dire oui ma fleur de la montagne et d'abord je lui ai mis mes bras autour de lui oui et je l'ai attiré sur moi pour qu'il sente mes seins tout parfumés oui et son cœur battait comme un fou et oui j'ai dit oui je veux bien Oui. »

Lire *Ulysse* équivaut aux douze travaux d'Hercule réunis. Ce livre est compliqué, interminable, crevant, génial, baroque, fou, chiant et sublime. L'année de sa publication, Virginia Woolf, dans son *Journal d'un écrivain*, ne manque pas de sévérité envers Joyce : « J'ai fini *Ulysse* et je pense que c'est un ratage. Du génie, certes, mais de la moins belle eau. Le livre est diffus et bourbeux ; prétentieux et vulgaire (…) Je ne puis m'empêcher de penser à quelque galopin d'école primaire, plein d'esprit et de dons, mais tellement sûr de lui, tellement égoïste qu'il perd toute mesure, devient extravagant, poseur, braillard et si mal élevé qu'il consterne les gens bien disposés à son égard et ennuie sans plus ceux qui ne le sont pas. » C'est précisément cette attaque qui m'a donné envie d'aimer Joyce, car j'estime qu'un des premiers devoirs de l'écrivain est d'être extravagant, poseur, braillard et mal élevé. Certes, il faut se battre pour lire Joyce, c'est un auteur qui se mérite, mais en même temps qui ne s'oublie jamais. Question : avez-vous lu beaucoup de romans que vous n'oublierez JAMAIS ? Non, hein ? Donc les livres comme *Ulysse* sont très rares et très précieux. On n'a pas l'impression de lire *Ulysse* mais de l'écrire dans sa propre tête autant que l'auteur dans la sienne ; Joyce a créé une nouvelle race de lecteurs : les lecteurs actifs. (Gallimard devrait peut-être vendre ses romans à moitié prix !)

Ulysse est sans doute un des romans que j'ai le plus détestés et pourtant c'est aussi l'un de ceux auxquels je pense le plus souvent. Quand je l'ai refermé avec soulagement, je savais que je ne serais plus jamais le même. Mon conseil serait si possible de le lire ivre mort, là-bas, à Dublin, de même qu'*Au-dessous du volcan* de Malcolm Lowry doit se lire bourré au Mexique. Emmenez *Ulysse* en Irlande pour vérifier que les mouettes chantent bien « groa gonna gankury gake » au-dessus de votre tête, je vous fiche mon billet que ce sera nettement mieux que le *Guide du routard*.

Si j'avais encore du temps, je vous parlerais aussi du pub irlandais en bas de chez moi mais à la place je préfère y aller tout de suite.

N° 27 | LOLITA
de Vladimir Nabokov
(1955)

Lolita doit d'abord être lu comme un roman d'amour passionné. Un quadragénaire nommé Humbert Humbert rencontre une fille de 12 ans : Dolores Haze ; il épouse sa mère pour pouvoir se taper sa fille ; découvrant le pot aux roses, la mère meurt opportunément et Humbert emmène sa belle-fille en voiture visiter l'Amérique. Lolita finit par le quitter mais il la poursuit et, quand il la retrouve, elle a 17 ans, est enceinte jusqu'aux dents et son pouvoir de séduction s'est envolé avec sa jeunesse : Humbert Humbert est déçu déçu. Il y a eu un gros scandale à la publication du livre — édité à Paris par Olympia Press car les éditeurs américains l'avaient tous refusé. Vladimir Nabokov (1899-1977) avait alors 56 ans et il devint mondialement célèbre du jour au lendemain. Y a-t-il encore scandale à la relecture ? OUI, et bien plus qu'à sa parution. Il est fort probable qu'un tel manuscrit ne trouverait pas d'éditeur en 2001. Nous allons tout de suite en avoir le cœur net (si vous êtes scandalisés, vous n'avez qu'à tourner la page) : « Après toute une vie de pédophilie, je n'étais pas tout à fait sans expérience : n'avais-je pas possédé virtuellement mille et une nymphettes dans des jardins publics ? Ne m'étais-je pas maintes fois faufilé dans des couloirs d'autobus étouffants et grouillants, pour m'incruster, avec une bestialité circonspecte, entre des grappes d'écolières suspendues aux poignées de cuir ? »

La passion pour la femme-enfant continue de choquer mais c'est surtout Gabriel Matzneff, et récemment Daniel Cohn-Bendit ou Nicolas Jones-Gorlin, qui trinquent pour l'affaire Dutroux, tandis que « Moi, Lolita » d'Alizée caracole en tête des ventes de disques, que les galeries branchées exposent les photos de Larry Clark et que le monde entier pleure les petites filles de Balthus. Il semble que notre société souffre de schizophrénie puisque la publicité déshabille les mineures pour vendre des produits ou le magazine *Muteen*, tout en refusant de reconnaître l'existence d'une sexualité infantile (pourtant démontrée par Freud et Dolto). Je rappelle que c'est Lolita qui drague Humbert Humbert, elle est plus que consentante, c'est une fieffée allumeuse, une petite (MOT CENSURÉ). À quoi reconnaît-on un personnage réussi ? Quand son nom propre devient un nom commun. C'est le cas de la « Lolita » de Nabokov. Dans le livre elle s'appelle Dolores mais désormais, quand on croise une sacrée bimbo adolescente, une petite baby doll avec des tétons dardés, une (AUTRE

MOT CENSURÉ), on l'appelle une lolita, avec un « L » minuscule.

Mais *Lolita* n'est pas seulement le portrait d'une nymphette dominatrice. C'est aussi une critique de l'Amérique des années 1950, avec ses autoroutes, ses drugstores, ses stations-service, ses motels impersonnels décrits, comme dit Sollers dans *La Guerre du goût*, avec un « lyrisme ironique ». Humbert Humbert est un Suisse, émigré comme Nabokov, qui ne regarde pas seulement Lolita jouer au tennis, mais aussi le décor qui entoure sa souffrance. Quant à Lolita, elle incarne la petite Américaine moyenne, complètement matérialiste et creuse. Leur amour symbolise la rencontre de l'Ancien et du Nouveau Monde : le choc de deux générations est surtout celui de deux continents, puisque *Lolita* est le roman d'un Russe qui écrit en anglais. Comme Joseph Conrad avant lui (et Kundera et Bianciotti après), Nabokov choisit d'abandonner son idiome natal pour renaître en littérature, ce qui explique peut-être la grande précision de son style, son souci constant du mot parfait et la poésie de ses images. On travaille plus quand on écrit dans une langue étrangère. Tout écrivain devrait, une fois dans sa vie, s'essayer dans une autre langue pour éliminer les facilités de langage et perdre ses habitudes. Puisqu'il faut inventer sa propre langue, autant ne pas répéter celle que l'on a apprise à l'école.

Nabokov aimait les papillons, mais son plus célèbre roman raconte la vie d'une chrysalide jamais sortie de son cocon. *Lolita* n'était d'ailleurs pas sa première tentatrice. Dans un roman de jeunesse intitulé *La Chambre obscure* (1933), le narrateur Bruno Kretchmar abandonnait femme et enfant pour une nymphette prénommée Magda… Dans *L'Invitation au supplice*, une fillette de 12 ans, Emmie, éprouve un attrait érotique pour un homme qui a deux fois son âge… Comme tous les génies, Vladimir Nabokov écrivait-il toujours le même livre ? Il fut en tout cas, toute sa vie, obsédé par l'enfance (la sienne surtout, et parfois celle des autres).

Si l'on m'avait accordé plus de pages, j'aurais pu écrire plein d'autres choses scandaleuses qui auraient justifié la saisie immédiate de ce livre par la brigade des mœurs. Comme, par exemple (PARAGRAPHE CENSURÉ).

Nº 26 | L'ŒUVRE AU NOIR *de Marguerite Yourcenar* *(1968)*

Le numéro 26 n'est toujours pas moi mais Marguerite Yourcenar (1903-1987) pour *L'Œuvre au noir*, roman paru en 1968 comme *Belle du Seigneur* (et tout aussi peu concerné par les événements de cette année-là). On est content que Marguerite de Crayencour, dite Yourcenar, ait remporté le combat des deux Marguerites, puisque la Duras ne figure pas dans ce Top 50. Cela prouve qu'il vaut mieux entrer à l'Académie française qu'avoir le Prix Goncourt. Enfin, si l'on aime les hit-parades. J'espère que vous suivez.

Tous les romans de Yourcenar sont complètement inactuels et *L'Œuvre au noir*, qu'elle considérait comme son livre le plus important, ne déroge pas à la règle. Elle y raconte la vie d'un médecin de la Renaissance : Zénon, une sorte d'alchimiste sans Paulo Coelho ou de hussard sans le toit. Cet aventurier d'une époque perdue voyage à travers l'Europe, soignant les riches et les pauvres. Le problème, c'est qu'il fait aussi de la philo, ce qui lui attirera de gros ennuis, puisqu'on le prend pour l'Antéchrist (en fait il est bien pire : un anarchiste pas mondain). Poursuivi jusqu'à Bruges, sa ville natale, il se laissera mollement condamner à mort, comme Meursault à la fin de *L'Étranger*, ou comme Giordano Bruno à la fin de sa vie. Zut, j'ai raconté la fin du bouquin.

Tant pis, lisez-le quand même : l'histoire n'est pas le plus important. Au contraire, dégagés de l'intrigue, vous profiterez encore mieux de la grande érudition de Yourcenar, de son style classique, voire ascétique (on a parfois vraiment l'impression de lire un roman du XVIe siècle, même le vocabulaire est d'époque, exemple : « Grand merci ! J'entends conquérir à moins de frais de meilleures pitances ! » qui vous a un côté *Les Visiteurs*, en moins marrant). Le fielleux Marc Lambron s'est d'ailleurs moqué de sa « syntaxe de pasteur », qualifiant Yourcenar de « plus grand romancier scandinave de langue française ».

Mais à quoi sert la littérature sinon à cela : faire parler les morts ? Sur les 50 écrivains de cette liste, il y a aujourd'hui 44 cadavres. Certes, nous sommes tous de futurs macchabées mais la force de Yourcenar est d'être un cadavre qui fait parler d'autres cadavres : elle ressuscite les habitants bizarres d'un siècle lointain, leur donne la parole. La grande littérature doit toujours être une nuit des morts-vivants.

L'Œuvre au noir s'avère un livre beaucoup moins sinistre que prévu ; pas seulement un truc de zombies, mais surtout une machine à voyager dans le temps. Par la suite, Michel Tournier a boxé dans la même catégorie, en plus ésotérique. Plutôt que de décrire le réel de son époque, il n'est pas inutile de se plonger dans des mondes disparus, de raconter des légendes qui traversent les âges, d'explorer des questions intemporelles qui nous concerneront pour les siècles des siècles, amen. Certes, la poussière s'accumule sur les pages du passé, mais en peu de mots elle peut se muer en poudre d'escampette.

Qui sait, peut-être qu'en 2845, un taré écrira un roman sur le XXe siècle. Peut-être alors parlera-t-il de cette lesbienne surdouée, qui parlait le grec à l'âge de 12 ans, écrivit à 18 ans un livre sur Pindare, se fixa aux États-Unis en 1958, traduisit Henry James et sauva de l'oubli Hadrien, un empereur du IIe siècle, en faisant comme Flaubert avec *Salammbô* : s'installer « dans l'intimité d'un autre temps ».

N° 25 | TROIS ESSAIS SUR LA THÉORIE SEXUELLE *de Sigmund Freud* *(1905)*

Le numéro 25 de cette liste est mon père… Oh pardon ! C'est Sigmund Freud (1856-1939) avec ses *Trois Essais sur la théorie sexuelle*. Curieux lapsus… Je me demande ce que mon inconscient a bien pu vouloir me dire par là…

La révolution freudienne mérite évidemment sa place dans ce hit-parade des 50 livres du siècle, et les *Drei Abhandlungen zur Sexualtheorie* semblent un choix idéal. Au tout début du siècle, le docteur Sigmund y définit les bases de la psychanalyse : 1) La sexualité humaine est aberrante ; 2) La pulsion sexuelle se manifeste avant la puberté et l'enfant est un pervers polymorphe ; 3) Le sexe n'entretient que des rapports occasionnels avec la procréation. Ces affirmations, aujourd'hui anodines et acceptées de tous (sauf, peut-être, de Christine Boutin), ont fait scandale à l'époque. On cessa de saluer Freud dans les rues de Vienne ainsi que dans tout l'empire austro-hongrois. C'est tout juste s'il ne fut pas lapidé, ce sympathique bourgeois barbu cocaïnomane, âgé alors de 49 ans. (Plus tard, les nazis brûlèrent ses livres pour éviter d'effectuer leur propre analyse…)

Après s'être intéressé aux rêves en 1900, Freud se passionne pour les perversions sexuelles et plus particulièrement les pulsions. C'était diablement excitant mais pas nouveau (le manuel de Krafft-Ebing date de 1886). La véritable révolution du livre se produit quand il creuse les causes de ces pulsions. D'où vient notre libido ? Freud affirme qu'elle se forge durant notre petite enfance, que nos névroses datent du stade anal, oral, phallique, ainsi que du complexe d'Œdipe : grosso modo, tout dépend de la façon dont on a désiré sa mère ou son père avant la puberté.

Ces découvertes, encore discutées aujourd'hui, ont créé un bouleversement total non seulement au XXe siècle, mais dans l'histoire de l'humanité. Après Copernic, qui nous a appris que nous n'étions pas au centre de l'univers, et Darwin, qui nous a dit que nous descendions du singe, Freud nous dit que nous ne sommes même pas maîtres de notre volonté et, partant, de notre sexualité. C'est ce qu'il appellera la « troisième vexation » et qui le conduira, lors de son arrivée à New York, à affirmer : « Je leur apporte la peste. » Pour vivre heureux, nous devons apprendre à explorer notre inconscient. Vous me direz que « Connais-toi toi-même », Socrate l'avait dit avant

Freud. Et je vous répondrai « OK mais laissez-moi terminer ». Il est clair que l'homme n'est pas plus équilibré aujourd'hui qu'il y a un siècle. La psychanalyse aurait-elle échoué ? Sur le plan scientifique, on peut en discuter ; quand on voit Gérard Miller à la télé, il est légitime de se poser la question ; mais à mon avis sa vraie victoire est littéraire.

Le mécréant Nabokov définissait la psychanalyse comme « l'application quotidienne de vieux mythes grecs sur les parties génitales ». C'était négliger que les *Trois Essais sur la théorie sexuelle* ont influencé toute la littérature du siècle. Si l'on y réfléchit, sans Freud il n'y a bien sûr pas de Surréalisme, pas de Zweig ou Schnitzler, mais aussi pas de Proust — qui n'avait même pas eu besoin de lire Sigmund pour être freudien —, pas de Gide, pas de Thomas Mann, à vrai dire sans Freud, il n'y aurait pas grand monde sur notre liste. Sans sa peste, on aurait également été privés des livres de Philip Roth et des films de Woody Allen. Alors, rien que pour Roth et Allen, il faut remercier Freud d'avoir humilié l'être humain en le traitant d'obsédé sexuel infantile. Il faut bien se rendre compte que chaque fois que vous traitez votre fiancée d'« hystérique », votre meilleur pote de « mythomane », votre employeur de « paranoïaque » ou votre père d'« homosexuel refoulé », vous rendez hommage à Freud. Sans lui, vous les traiteriez de « folle », « menteur », « persécuté » et « euh… papa, enlève cette robe s'il te plaît ».

Nº 24 | LA CANTATRICE CHAUVE *d'Eugène Ionesco* *(1950)*

En 24e position chante *La Cantatrice chauve* d'Eugène Ionesco (de son vrai nom Eugène Ionescu, 1912-1994), une « anti-pièce » qui fut créée le 11 mai 1950 au théâtre des Noctambules — un endroit pareil, comment voudriez-vous que cela me déplaise ? — et publiée dans trois numéros des *Cahiers du Collège de Pataphysique* en 1952. Monsieur et Madame Smith vivent à Londres, normal puisqu'ils sont anglais. L'horloge sonne n'importe quand et eux disent n'importe quoi, tout comme leurs invités : Monsieur et Madame Martin. Et la Cantatrice chauve ? Elle n'existe pas. À moins que ce ne soit Mary, la bonne, ou le capitaine des pompiers, voire l'un des innombrables Bobby Watson…

Vous trouvez cela absurde ? C'est voulu. « Absurde » est un des maîtres mots de l'après-guerre : c'est Camus qui a commencé à l'employer par désespoir mais très vite, le théâtre l'a rejoint. *En attendant Godot* et *La Cantatrice chauve* sont les deux chefs-d'œuvre du théâtre de l'absurde. Mais *La Cantatrice* est nettement plus rigolote.

On pourrait dire qu'il s'agit d'une critique de la bourgeoisie sclérosée, ou du mode de vie moderne, ou du théâtre de boulevard, ou de la méthode Assimil, ou de l'incommunicabilité contemporaine, mais ce serait ennuyeux. Or *La Cantatrice chauve* est tout sauf ennuyeuse : nous sommes en présence d'un énorme et magnifique foutage de gueule, dans la droite ligne d'*Ubu roi* d'Alfred Jarry. Et il ne faudrait pas insulter *La Cantatrice chauve* en coupant sa calvitie en quatre.

Eugène Ionesco est d'origine roumaine, comme le comte Dracula ; c'est pourquoi il suce le sang du théâtre contemporain. Ionesco est un révolutionnaire qui fait couler le sang des mots. *La Cantatrice chauve* est sa première pièce et aussi la plus drôle, la plus originale, la plus puissamment nouvelle. Son humour loufoque le situe très en avance sur son temps : les Monty Python, les Nuls, les Deschiens font tous du Ionesco sans le savoir. En outre, comme Magritte quand il peint une pipe en écrivant « Ceci n'est pas une pipe », Ionesco peut aussi être considéré comme l'inventeur du décalage si cher aux publicitaires des années 1990. Le truc est simple mais fonctionne toujours 50 ans après : ne pas dire la même chose que ce qu'on montre, ne pas montrer la même chose que ce qu'on dit.

Élu à l'Académie française en 1970, Ionesco était quelqu'un de très triste comme tous les grands humoristes : il ne plaisantait pas face à la vanité de notre condition. Son enfance fut solitaire, ses parents divorcèrent quand il avait 5 ans. L'homme est provisoire, il meurt et tout ça pour quoi faire ? Pas de réponse. Ionesco est métaphysique, donc mystique (ses écrits autobiographiques en attestent : *Notes et contre-notes* en 1962, *Journal en miettes* en 1967, *Présent passé Passé présent* en 1968, *La Quête intermittente* en 1988). Il a écrit des spectacles pour passer le bref laps de temps qui lui était accordé par Dieu. Somme toute, cette agitation s'avère aussi ridicule que, pour prendre un exemple au hasard, d'offrir un peigne à une cantatrice dénuée de cheveux.

Nº 23 ASTÉRIX LE GAULOIS *de Goscinny et Uderzo (1959)*

Le numéro 23 n'est toujours pas moi mais *Astérix le Gaulois* : c'est normal, il est dopé à la potion magique !

L'histoire de la naissance d'*Astérix* m'a toujours fasciné. En 1959, René Goscinny (1926-1977), scénariste inconnu de retour des États-Unis, et Albert Uderzo (né en 1927), illustrateur obscur dans une agence parisienne (International Press), se réunissent dans le HLM d'Uderzo, à Bobigny. Ils cherchent une idée de bande dessinée pour le premier numéro d'une nouvelle revue nommée *Pilote*. Au départ ils pensaient adapter le *Roman de Renart*, mais quelqu'un d'autre l'ayant déjà fait, ils hésitent. Ils se grattent la tête, ce qui est toujours signe d'une intense réflexion chez l'être humain. Ils partent sur une aventure préhistorique (qu'ils auraient peut-être appelée « Jurassix Park » mais on ne le saura jamais). Et puis, tout d'un coup, après quelques pastis, c'est l'illumination : et si l'on racontait ce qu'était la

France sous les Romains ? Uderzo commence à dessiner le Gaulois le plus célèbre : Vercingétorix. Goscinny rebondit : déformant des mots usuels, il crée Astérix, Obélix, Idéfix, Panoramix, Assurancetourix, Abraracourcix, Agecanonix (quelques années plus tard il s'illustrera avec sa trouvaille la plus sublime : Ocatarinetabellatchixtchix...). Pour les Romains, il suffira de trouver des noms se terminant en « us » comme dans une version latine : Processus, Hotelterminus, Belinconnus, Prospectus... Et Goscinny de rédiger le célèbre prologue de cette nouvelle *Guerre des Gaules* : « Nous sommes en 50 avant Jésus-Christ. Toute la Gaule est occupée par les Romains... Toute ? Non ! Un village peuplé d'irréductibles Gaulois résiste encore et toujours à l'envahisseur... » (En réalité, la Gaule et les Gaulois sont une invention du XIXe siècle : les récentes découvertes archéologiques montrent qu'au Ier siècle avant J.-C., le territoire actuel de la France était peuplé de dizaines de tribus celtes aux cheveux courts, sans barbe ni moustache !)

Sa grande trouvaille est évidemment la potion magique qui permet aux Gaulois de vaincre les Romains à mains nues. Grâce à cet ancêtre de l'EPO, les faibles peuvent gagner contre les forts, les Gaulois paresseux qui ne pensent qu'à bouffer des sangliers rôtis peuvent rosser des envahisseurs supérieurement organisés. On en vient à se demander ce qui serait arrivé si l'on avait eu la potion magique en 1940... Car le talent de Goscinny et d'Uderzo consiste précisément à créer une bédé qui se lit à plusieurs niveaux : les enfants s'attardent sur les bastons et les gags visuels, tandis que les parents rigolent aux jeux de mots, anachronismes, allusions à la géopolitique. Astérix s'envole comme une fusée à plusieurs étages.

Mais ce n'est pas là le plus beau dans cette aventure. Le 29 octobre 1959, le premier épisode du feuilleton *Astérix le Gaulois* passe dans *Pilote*. L'accueil est plus que mitigé. Les gens disent à Goscinny que tout le monde s'en fout des Gaulois, et à Uderzo qu'il dessine de trop gros nez. Lorsque le premier album sort, en 1961, il ne se vend qu'à 6 000 exemplaires. Le second, *La Serpe d'or*, ne fait pas beaucoup mieux : 20 000 exemplaires. De bons amis leur conseillent d'arrêter : « ça ne marchera jamais, disent-ils, c'est trop vieillot » (effectivement puisque ça a 2 000 ans). Mais les deux auteurs tiennent bon. Et aujourd'hui la saga des *Astérix* représente 300 millions d'albums vendus dans 107 langues et dépasse Faulkner, Nabokov et *Autant en emporte le vent* dans notre Top 50. Depuis cette année, René Goscinny a même sa rue dans le XIIIe à Paris, tout près de la Bibliothèque nationale de France !

Cela veut dire quoi ? Que vous qui lisez ceci, si vous avez une idée dont vous êtes content et qui vous fait marrer, eh bien n'écoutez jamais les avis de vos soi-disant amis ; au contraire, soyez tenace, têtu, borné, confiant, et travaillez. Tous les écrivains de cette liste ont dû s'acharner pour être publiés. C'est cela, aussi, le message d'Astérix : la potion magique est en chacun de nous ! (Par Toutatis ! Je m'exprime comme Bernard Tapix !)

N° 22 | 1984
de George Orwell
(1948)

Bonjour chez vous, je vous vois, je vous regarde, j'espionne vos moindres mouvements… Et que vois-je ? Je vois distinctement que le numéro 22 est *1984*, le dernier livre de la vie de l'Anglais George Orwell (1903-1950).

Aujourd'hui nous sommes en 2001. Donc 1984, c'était il y a 17 ans. Et le roman *1984* est sorti en 1948 (pour choisir son titre, Orwell s'est contenté d'inverser les deux derniers chiffres de l'année de publication). Orwell s'est-il trompé comme *New York 1997*, *Cosmos 1999* ou *2001 l'Odyssée de l'espace*, qui n'ont pas eu lieu aux dates prévues ? Ou bien vivons-nous dans le monde qu'il décrit : un monde totalitaire dont tous les habitants sont surveillés par un Télécran ? Une société où le passé est constamment réécrit, où la langue est modifiée pour en faire une novlangue, où les cerveaux sont lavés, où la vie sexuelle est réglementée, où l'on opprime les citoyens sous couvert d'amour, de paix et de tolérance ? Où tout est organisé pour nous empêcher de penser ?

La réponse est : bien sûr que oui, nous y sommes. Big Brother existe : à Levallois-Perret il y a des caméras qui filment les passants dans les rues ; l'institut Médiamétrie est en train de mettre au point une caméra infrarouge pour enregistrer les réactions des téléspectateurs à leur domicile ; les web-cams sur le net retransmettent au monde entier la vie privée des gens ; nous sommes fichés, traçables, photographiables par les cartes de crédit, les téléphones portables, les satellites d'espionnage et de guidage. La langue est réduite à un volapük d'un minimum de mots (quant au français, n'en parlons pas : il disparaîtra dans les décennies à venir). La publicité manipule nos désirs. Les révisionnistes effacent des millions de morts. Il existe même un jeu télévisé hollandais (distribué dans le monde entier) qui s'intitule « Big Brother », et permet de surveiller 24 heures sur 24 la vie de dix candidats reclus dans un appartement truffé de caméras.

Comme l'a bien vu François Brune dans son essai *Sous le soleil de Big Brother* (L'Harmattan), George Orwell ne s'est pas trompé : son roman prémonitoire a eu beau être influencé par les totalitarismes de son époque, nazisme et stalinisme, et par *Le Meilleur des mondes* d'Huxley (un British comme lui), il n'en décrivait pas moins très scrupuleusement l'évolution du monde occidental dans les 50 années à venir. Et Stan Barets, un des grands spécialistes de la science-fiction en France, a raison de se demander : « À ce point-là, est-ce encore de la fiction ou déjà du pamphlet ? »

1984 d'Orwell se lit toujours avec terreur et avidité. Ce ne sont pas seulement ses dons de voyance qui nous saisissent, mais aussi sa vision de l'avenir, qui a énormément influencé tous les arts, en particulier le cinéma et la littérature cyberpunk. Avant Orwell, le futur était lisse, chatoyant, fluorescent, c'était Flash Gordon, les Martiens, les soucoupes volantes. Après Orwell, le futur ne sera plus jamais le même : un monde carcéral, angoissant, sombre, *Brazil*, *Blade Runner*... Orwell a créé cette esthétique : le futur comme un immense goulag dont son héros, Winston Smith, ne parviendra jamais à s'échapper. Heureusement pour lui, Orwell est mort en 1950, deux ans après la publication de son livre, c'est-à-dire trop tôt pour voir à quel point il avait raison d'être pessimiste. *1984* s'achève d'ailleurs sur cette phrase : « IL AIMAIT BIG BROTHER. » Winston Smith vient d'être rééduqué, il est comme nous tous intoxiqué et soumis. Le système est victorieux quand il parvient à nous faire aimer notre prison.

Mais dites donc, il y en a un qui ne me lit pas attentivement, là, toi, oui, toi, avec tes doigts dans le nez, si tu crois que je ne t'ai pas vu. Baisse les yeux, je t'ordonne de baisser les yeux : Grand Frère te regarde. Fais attention ou je t'envoie ma Police Beigbédérienne !

Nº 21 | LE MEILLEUR DES MONDES *d'Aldous Huxley* *(1932)*

Si je ne suis pas numéro 21, c'est tout simplement parce que je ne suis pas assez beau. Si j'avais été cloné sur Filip Nikolic des « 2Be3 » il est évident que les gens auraient voté pour moi…

Le numéro 21 des 50 livres du siècle est *Le Meilleur des mondes*, le plus célèbre roman de l'écrivain britannique Aldous Huxley (1894-1963). Le plus incroyable dans ce livre est sûrement sa date de publication : en 1932, Huxley a déjà tout prévu — le clonage, les bébés-éprouvette, le totalitarisme, la mondialisation matérialiste, le nouveau fascisme d'un bonheur artificiel et obligatoire, la soft-idéologie.

Le Meilleur des mondes critique les utopies comme *1984* 16 ans plus tard ; à la manière du roman d'Orwell, c'est une dystopie, c'est-à-dire une utopie négative, mais à cette différence près qu'il s'agit surtout d'un roman sur la biologie. Huxley avait-il abusé de la mescaline quand il a écrit sa préface de 1946 ? Toujours est-il qu'il lit dans l'avenir lorsqu'il y écrit que : « La révolution véritablement révolutionnaire se réalisera, non pas dans le monde extérieur, mais dans l'âme et la chair des êtres humains. » Aujourd'hui, avec les manipulations génétiques, le clonage d'une brebis et d'une vache, la fécondation in vitro et le séquençage du génome humain, nous savons que l'ère de la post-humanité approche. En 1998, Michel Houellebecq rendait d'ailleurs longuement hommage, dans son roman *Les Particules élémentaires*, à Aldous Huxley en reconnaissant qu'il est le premier romancier à avoir anticipé le bouleversement des biotechnologies.

Comme *1984*, *Le Meilleur des mondes* se passe dans un Londres futuriste. Le livre commence par la visite guidée d'un « Centre d'incubation » où l'on produit des bébés en flacons. L'État Mondial fabrique les humains de façon industrielle, selon des critères de sélection eugénistes (le sperme des beaux va avec les ovules des belles, les moches avec les moches) avant de les conditionner par l'hypnose pendant leur sommeil pour l'emploi qui leur a été assigné. Sur terre, il n'y a plus ni familles, ni races, ni pays. La liberté sexuelle est totale (mais Shakespeare est interdit), tout le monde nique tout le monde ou alors prend du « soma », une drogue gratuite très euphorisante. Quel monde merveilleux : une permanente partouze de junkies ! Eh bien non, pas si merveilleux que ça. Dans *Candide* de Voltaire, quand Pangloss répète que « tout va pour le mieux dans le meilleur des mondes possibles », n'oublions pas qu'il est borgne et ne voit donc qu'une moitié de la réalité.

Le pouvoir a intérêt à ce que les citoyens jouissent le plus possible pour ne pas penser. Le héros du roman s'appelle Bernard Marx (oui, comme l'autre barbu) et il a eu du bol : à la suite d'une erreur de manipulation en laboratoire, il dispose d'une conscience et peut même tomber amoureux de Lenina (oui, comme l'autre bouc). On le suit dans sa tentative de révolte avec John, un Sauvage, qui, lui, a été élevé dans une réserve primitive, au Nouveau-Mexique, à l'écart du *Brave New World*. Sans dévoiler la fin, je crois qu'on devine aisément que la rébellion tournera court…

Roman d'anticipation prophétique, reposant sur une connaissance scientifique et politique très réaliste, *Le Meilleur des mondes* n'a pas pris une ride, au contraire. Parmi les 50 livres du siècle, c'est probablement celui dont la lecture est la plus urgente aujourd'hui. Aldous Huxley avait-il raison d'avoir si peur ? Vous le saurez en vivant dans les prochaines années…

Nº 20 | TRISTES TROPIQUES *de Claude Lévi-Strauss* *(1955)*

Notre numéro 20, Claude Lévi-Strauss, n'a rien à voir avec l'inventeur du jean 501 même si leurs deux productions ont pour point commun d'être délocalisées dans le tiers monde.

En 1955, Claude Lévi-Strauss est un ethnologue inconnu du grand public, né à Bruxelles en 1908, qui décide, avec *Tristes Tropiques*, de rédiger son autobiographie intellectuelle, afin de raconter un parcours qui l'a mené de la philosophie à l'anthropologie en passant, non par la Lorraine avec ses sabots, mais par le Brésil avec ses Indiens. Par provocation, le livre débute par une phrase restée célèbre : « Je hais les voyages et les explorateurs », avant de mettre 500 pages à démontrer exactement l'inverse.

Pourquoi ce récit scientifique a-t-il tant marqué les esprits à la fin des années 1950 (et ensuite) ? Parce qu'il fournit de l'exotisme intelligent ; Lévi-Strauss, 92 ans, qui siège aujourd'hui à l'Académie française après le Collège de France, était à l'époque une sorte d'Indiana Jones structuraliste. Avant Lévi-Strauss, l'homme blanc se contentait d'exterminer les Indiens sans réfléchir. Certes, il y avait eu le Persan de Montesquieu, venu nous dire la vérité sur nos turpitudes, mais il n'était qu'une fiction : un véritable sans-papiers critiquant la France se serait fait raccompagner à la frontière manu militari. D'ailleurs, de nos jours, les Persans sont trop occupés à lancer des fatwas sur Salman Rushdie pour s'intéresser à nos dérèglements sociétaux.

Tristes Tropiques est l'un des premiers essais à la fois tropicaux et savants qui s'intéressent à d'autres modes de vie que le nôtre. À sa suite, Carlos Castaneda, aux États-Unis, fera des expériences hallucinogènes avec les Indiens du Mexique. Les Indiens sont toujours à la mode : ainsi J.M.G. Le Clézio n'en est toujours pas revenu de voir tous ces gens qui vivent tout nus — comme ils ont raison !

Or que dit Lévi-Strauss ? Que les tropiques sont tristes car ils sont décimés, que ces tribus vont crever à cause des épidémies que nous leur avons apportées, que les Caduveo, les Bororo, les Nambikwara et les Tupi-Kawahib proposent des modes de vie plus naturels, plus vrais, plus beaux que nos embouteillages du vendredi soir au tunnel de Saint-Cloud. Il y a chez Lévi-Strauss un respect de la différence, un anticolonialisme viscéral : il dénie à l'homme blanc occidental sa prétention à vouloir imposer ses valeurs et sa prétendue civilisation supérieure. « Ce que d'abord vous nous montrez, voyages, c'est notre ordure lancée au visage de l'humanité. » Il existe un danger dans cette lutte (justifiée) contre la hiérarchie sociétale entre les êtres humains — même si, avec nos bombes atomiques et nos génocides, nous sommes bien plus sauvages que des Indiens inoffensifs en pagne. Le danger est que cette théorie « rousseauiste » entraîne une remise en cause des droits de l'homme : s'il faut respecter toutes les différences, alors on accepte l'excision, la lapidation des femmes non voilées, les châtiments corporels et le cannibalisme par simple souci de ne pas imposer notre culture. Involontairement, Claude Lévi-Strauss se fait l'apôtre de la non-ingérence. Dans un monde qui rétrécit, il prêche contre l'uniformisation, mais, ce faisant, milite aussi contre l'idée d'un humanisme planétaire. Pour simplifier, nous dirons qu'il choisit plutôt le camp de Nietzsche que celui de Kouchner. Ce qui ne l'empêche pas de critiquer sévèrement l'islam à la fin du livre : religion, selon lui, intolérante et régressive comme le fut le christianisme par rapport au bouddhisme. Les Tropiques ne sont pas seulement tristes, ils sont intellectuellement stimulants et politiquement incorrects. L'homme occidental n'est pas supérieur, mais il n'est pas inférieur.

Nº 19 | JOURNAL *d'Anne Frank* *(1947)*

J'ai bien de la chance de ne pas être le numéro 19 parce qu'il s'agit d'Anne Frank, pour le *Journal* qu'elle a tenu du 12 juin 1942 au 1er août 1944, avant d'être arrêtée puis déportée au camp de concentration de Bergen-Belsen, où elle est morte du typhus à l'âge de 15 ans.

Il y a sûrement des livres plus importants que le *Journal* d'Anne Frank pour évoquer l'Holocauste : *Si c'est un homme* de Primo Levi (nº 57 des 100 livres du siècle dans le classement original du *Monde*), le texte du film *Shoah* de Claude Lanzmann, les témoignages de David Rousset, Jorge Semprun, Imre Kertész et Robert Antelme, mais aucun n'atteint la charge émotionnelle de ce petit carnet intime tenu par une adolescente cachée au 263 Prinsengracht à Amsterdam sous l'occupation allemande. J'y suis allé, moi, figurez-vous, au 263 Prinsengracht, où la cachette d'Anne Frank est devenue un musée. On a du mal à croire qu'il y a un demi-siècle, la petite Anne et sa famille ont tenu 25 mois de planque dans un deux-pièces avec obligation de parler tout bas et de marcher sur la pointe des pieds, malgré les engueulades, la promiscuité, les vêtements trop petits (c'est qu'on grandit vite à cet âge-là), la peur constante d'être découverts — alors qu'ils ne furent pas découverts mais dénoncés.

Toute la force de ce document est là : Anne Frank est une adolescente comme les autres, qui écrit à une amie imaginaire prénommée Kitty, pour épancher ses désirs (un début d'idylle avec son voisin Peter Van Pels), ses rêves de gloire hollywoodienne, ses agacements envers sa mère et sa sœur Margot. Son père Otto, qui fit publier le manuscrit, en expurgea même certains passages concernant son amour pour une autre femme que la sienne. Dans son imperfection et sa quotidienneté, ce texte donne un visage et une voix aux morts. Anne Frank est un peu le « soldat inconnu » du génocide juif : elle parle au nom des 5 999 999 autres assassinés. Comme l'a écrit Primo Levi lui-même : « À elle seule, Anne Frank nous émeut plus que les innombrables victimes qui ont souffert comme elle, mais dont l'image est restée dans l'ombre. Il faut peut-être que les choses en soient ainsi : si nous devions et si nous étions capables de partager les souffrances de chacun, nous ne pourrions pas vivre. » D'ailleurs Primo Levi ne croyait pas si bien dire : lui non plus n'a pas pu vivre, puisqu'il s'est suicidé en avril 1987.

À un moment, dans son journal intime, Anne Frank fait des projets. « Pense comme ce serait intéressant si je publiais un roman sur l'Annexe ; rien qu'au titre, les gens iraient s'imaginer qu'il s'agit d'un roman policier. Non, mais sérieusement, environ dix ans après la guerre, cela fera sûrement un drôle d'effet aux gens si nous leur racontons comment nous, juifs, nous avons vécu, nous nous sommes nourris et nous avons discuté ici. (…) Tu sais que mon vœu le plus cher est de devenir journaliste et plus tard un écrivain connu », écrit-elle. Malheureusement, ce vœu fut exaucé à titre posthume.

Nº 18 | LE LOTUS BLEU
d'Hergé
(1936)

Sapristi ! Que dis-je : Tonnerre de Brest ! Je ne suis pas numéro 18 ! Tout ça parce qu'un bougre de bachi-bouzouk, un boit-sans-soif, un olibrius bruxellois, un marin d'eau douce a décidé de s'emparer de ma place !

« Tintin » ! quel nom ridicule, en plus ! Un soi-disant reporter international qu'on ne voit jamais écrire ses articles, inventé par un ancien boy-scout nommé Georges Rémi (1907-1983), dit RG, comme dans « Renseignements Généraux » ! Drôle d'idée pour un pseudonyme, surtout quand on a des opinions politiques peu recommandables : colonialistes et parfois même racistes dans *Tintin au Congo*… sans évoquer un comportement douteux pendant la Seconde Guerre mondiale belge (collaboration à un journal dirigé par des Allemands).

Hergé n'en demeure pas moins l'inventeur de la bédé européenne grâce à sa ligne claire, son sens de l'intrigue avec suspense en bas de page (les planches uniques paraissant au rythme hebdomadaire, il fallait tenir les jeunes lecteurs en haleine d'une semaine sur l'autre) et ses personnages aussi burlesques que récurrents : le capitaine Haddock, le professeur Tournesol, la Castafiore, les détectives Dupond et Dupont et bien sûr Tintin et Milou. Il dessine, modernise, adapte et vulgarise (au sens noble du terme) le roman-feuilleton à la Rocambole. D'ailleurs le dernier de ses 23 albums s'intitulera *Tintin et les Picaros* en hommage à ces aventuriers espagnols du XVIe siècle qui ont donné leur nom au roman picaresque.

Le Lotus bleu a été choisi pour représenter Tintin dans ce hit-parade pour deux raisons : d'abord parce qu'il fallait bien choisir un épisode de ses aventures ; ensuite parce qu'il s'agit de la première aventure de Tintin pour laquelle Hergé s'est véritablement documenté. Publié en 1936 en noir et blanc, *Le Lotus bleu* sera remanié et colorisé en 1946. C'est la suite des *Cigares du Pharaon*, qui mettait déjà aux prises Tintin avec une bande de trafiquants de drogue. Cette fois, ces sacripants se manifestent en pleine guerre sino-japonaise. Tintin se rend même à Shanghaï dans une fumerie d'opium qui s'appelle « Le Lotus bleu ». C'était tout de même trash pour l'époque : comme si aujourd'hui on sortait une bédé pour enfants qui se passait dans un club échangiste ! Tintin sauve la vie de Tchang, un jeune garçon qu'il voit se noyer lors d'une crue du Yang Tsé Kiang (fleuve cher aux personnages d'Antoine Blondin dans *Un Singe en hiver*). Ensemble ils affrontent le redoutable Rastapopoulos, un lointain ancêtre de Pablo Escobar. À la fin, lorsqu'ils se séparent, Tintin verse une des seules larmes de sa carrière, ce qui a entraîné de nombreuses gloses sur sa possible homosexualité avec ce jeune Chinois : hypothèse aussi stupide que de le supposer zoophile avec Milou, même si Hergé a effectivement rencontré un Chinois nommé Tchang Tchong-jen qui lui a donné de précieux conseils pour son récit.

De Gaulle a dit un jour : « Mon seul rival international c'est Tintin. » Il a péché par mégalomanie car aujourd'hui un album de Tintin se vend toutes les deux secondes et demie dans le monde. À notre connaissance les *Mémoires d'espoir* du Général n'atteignent pas le millionième de cette gloire.

Si j'avais eu plus de place, j'aurais pu m'étaler sur le whisky du capitaine Haddock, nommé Loch Lomond, du nom d'un lac écossais où je me suis baigné ivre mort il y a quelques années… À suivre !

Nº 17 ALCOOLS
de Guillaume Apollinaire
(1913)

Le numéro 17 n'est toujours pas moi mais cela m'est égal : je vais noyer mon chagrin dans les alcools. Ceci est une fine transition pour évoquer *Alcools*, le recueil de poésies de Guillaume Apollinaire (1880-1918) : un des plus beaux livres de poèmes jamais écrits en français, tous siècles confondus.

Pourquoi *Alcools* avec un « s » ? Parce que Wilhelm Apollinaris Kostrovitzky, dit Guillaume Apollinaire (« Kostro » pour les intimes), était non seulement polonais (donc alcoolique) mais aussi cubiste : il voulait décrire le monde sous toutes ses facettes, sous tous les angles. Pour lui comme pour Picasso (ou Perec plus tard), tout prend un « s » à la fin. La beauté doit nécessairement être plurielle, comme, par exemple, de nos jours, la gauche de gouvernement.

Il y a tout dans ce livre : de l'amour impossible, de la mort inéluctable, de l'ivresse indispensable, des innovations formelles (aucune ponctuation, des vers isolés, des rimes aléatoires, certaines libertés dans la métrique), des classiques immédiats comme *Le Pont Mirabeau*, il y a l'Allemagne, où Apollinaire séjourna en 1901, et il y a surtout des phrases immortelles que tout le monde sait par cœur sans toujours savoir qu'elles sont de lui : « Mon verre s'est brisé comme un éclat de rire », « Le mai le joli mai en barque sur le Rhin », « Je ne veux jamais l'oublier », « Et ma vie pour tes yeux lentement s'empoisonne », « Et souviens-toi que je t'attends », « Comme la vie est lente/et comme l'espérance est violente »…

Je voudrais m'attarder sur cette dernière rime — non pas pour faire comme ces profs de français qui vous dégoûtent de la poésie à force de la disséquer — merde ! un poème n'est pas une grenouille en travaux pratiques de sciences nat' — simplement pour attirer votre attention sur ces sonorités : « comme la vie est lente et comme l'espérance est violente ». Il me semble que tout le mystère de la poésie est condensé dans cette idée tordue : rapprocher deux sons qui se ressemblent alors qu'ils signifient pourtant l'inverse. De même, dans le vers : « Les jours s'en vont je demeure » entend-on distinctement « je meurs ». Choc cataclysmique, lenteur de la vie contre violence du désir, vie contre mort, et le tout rédigé pour se taper Marie Laurencin, la même que dans « L'Été indien » de Joe Dassin ! Voilà, ça sert à ça la poésie !

« Écoutez mes chants d'universelle ivrognerie », nous dit Apollinaire, oui, entendons-le, ce poivrot tzigane, à 87 années de distance, sa poésie reste un alcool de mots, une beuverie du langage, une orgie du vocabulaire, une partouze sémantique. « Enivrez-vous », disait son idole Baudelaire, lisez *Alcools* sur sa tombe au Père-Lachaise avec une aspirine à portée de main ! Ce chef-d'œuvre a donné la gueule de bois à tous les poètes du XXe siècle, notamment les surréalistes, qui lui doivent tout, pas seulement d'avoir inventé ce mot (« sur-réalisme », écrivit-il dans le programme de *Parade*, ballet de Cocteau, Picasso et Satie, en 1917). Apollinaire conduit Rimbaud vers Aragon : à la fois ancien et moderne, il avance contre le temps qui s'enfuit. On ne sait s'il existe un « progrès » en Art, mais en tout cas Apollinaire semble avoir nettement fait progresser le Schmilblick. En revenant de la Grande Guerre, il pourra « mourir en souriant » : mission accomplie.

Connaissez-vous le secret de la vie éternelle ?
« Rien n'est mort que ce qui n'existe pas encore
Près du passé luisant demain est incolore »
Il suffit d'écrire ceci et on est plus immortel que toute l'Académie française réunie au grand complet en costume ridicule.

Un jour, si j'ai le temps, j'écrirai un recueil de poèmes qui s'intitulera « Cocktails » (soleil cou coupé).

Nº 16 PAROLES
de Jacques Prévert
(1946)

Jacques Prévert (1900-1977) n'aurait pas dû intituler son premier recueil de poèmes *Paroles* puisque chacun sait que les paroles s'envolent, alors que les écrits restent. Or, bien que très populaire (ce recueil s'est vendu à un million d'exemplaires à sa sortie), Prévert est décrié, méprisé par la critique, voire insulté par ses confrères. Michel Houellebecq, poète lui aussi, ne dit-il pas dans ses *Interventions* que « Prévert est un con » ?

On pourrait certes lui rétorquer que tout ce qui est exagéré est insignifiant, mais à sa relecture, il est indéniable que Prévert déçoit, surtout quand on vient d'être transporté juste avant par les *Alcools* d'Apollinaire. Le mégot aux lèvres, Prévert renverse de la cendre sur ses poèmes, qui ressemble à la poussière d'un grenier.

Paroles s'avère finalement un titre honnête car ce recueil ne réunit pas vraiment des poésies mais plutôt des textes de chansons, que Joseph Kosma aurait pu mettre en musique. Prévert était surtout un grand dialoguiste de cinéma (*Quai des brumes*, *Les Enfants du paradis*, *Le jour se lève* forment une sorte de trilogie des faubourgs) et cette gouaille déteint sur sa poésie qui est simplette, démago, répétitive, nunuche, pleine de calembours à la Bobby Lapointe et de naïvetés involontaires à la Christian Bobin : la guerre c'est pas bien, l'amour c'est mieux, les riches c'est méchant, la mort c'est triste, les oiseaux c'est joli, les fleurs ça sent bon… Sans insulter sa mémoire, on peut voir Jacques Prévert comme une sorte d'anar anticlérical à la Brassens plus que comme un nouveau Paul Verlaine. Même sévèrement murgé, on imagine mal ce dernier écrire un aussi faible quatrain :

« Notre Père qui êtes aux cieux
— Restez-y.
Et nous, nous resterons sur la terre
Qui est quelquefois si jolie. »

Certes, il pourra sembler injuste que notre inventaire dénigre un auteur qui les aimait tant (les inventaires). Prévert n'est pas un con mais plutôt une sorte de Bernard Buffet de la poésie — un type que le public adore parce qu'il est facile d'accès mais que la critique déteste pour la même (mauvaise) raison. Force est de constater qu'il a davantage influencé Michel Audiard qu'Henri Michaux. Un poète « populaire » ne peut pas être « culte » ; le succès rend le snobisme impossible ; croyez bien qu'il m'en coûte beaucoup d'écrire cela. Pour sa défense, on reconnaîtra que Prévert eut l'élégance de composer une poésie simple : dans le siècle qui a rendu la poésie hermétique et expérimentale (et coupée de tout public), son principal crime fut probablement d'être compris.

Nº 15 | L'ARCHIPEL DU GOULAG *d'Alexandre Soljenitsyne* *(1973)*

Le numéro 15, le numéro 15, mais bon sang arrêtons de mettre des numéros aux artistes, surtout pour parler d'un dissident qui fut condamné au Goulag pour avoir justement refusé d'être un numéro !

En plus, Alexandre Soljenitsyne, né en 1918 donc âgé de 82 ans, se fiche sûrement de savoir qu'il est classé nº 15 dans notre Top 50 pour sa fresque épique de l'univers concentrationnaire soviétique : *L'Archipel du Goulag*, publiée à Paris en décembre 1973 et en Russie seulement 17 ans plus tard, en 1990.

Je voudrais être très clair : ce reportage en direct de l'enfer est un des livres les plus insoutenables que j'aie jamais lus de ma vie, et pourtant Dieu sait si j'en ai lu, des livres insoutenables, des *120 journées de Sodome* à *American Psycho*. D'habitude j'adore l'insoutenable, quand il est fictif. Malheureusement tout ce que raconte Soljenitsyne est vrai :

les tortures physiques et mentales, les travaux forcés, les punitions, la faim, le froid sibérien (où les crachats gèlent avant d'atteindre le sol par moins cinquante), les fosses communes, les tentatives de révolte réprimées avec une implacable violence, les manipulations, les humiliations qui voulaient réduire l'homme à l'état d'animal, et y parvinrent parfois, mais pas toujours : *L'Archipel du Goulag* est là pour en témoigner. Et tous ces gens étaient innocents : des « agneaux », écrit Soljenitsyne, qui fut déporté pendant 8 ans pour avoir simplement critiqué Staline *sans le nommer* dans une lettre à un ami ! Comme dans *La Plaisanterie* de Kundera ! Ce monument aux morts n'a pas été élevé seul par Soljenitsyne mais grâce à l'assistance et au soutien de 227 autres suppliciés du totalitarisme communiste, au péril de leur vie (ne disposant pas de papier, ils apprirent par cœur le livre) ; et il parle au nom des millions d'autres martyrs de ce qu'il appelle « l'industrie pénitentiaire ».

D'autres déportés avaient publié des récits terrifiants avant Soljenitsyne : *Les Récits de la Kolyma* de Varlam Chalamov, *Le Vertige* d'Evguenia Ginzburg, mais c'est Soljenitsyne qui révéla vraiment au monde comment l'utopie socialiste avait tourné au cauchemar, ce qui valut à ce nouveau Tolstoï le Prix Nobel de Littérature en 1970, qu'il accepta malgré la censure, avant d'être expulsé d'URSS en février 1974 (il n'y revint que 20 ans après, tel d'Artagnan). On pourrait conclure en disant que, même s'il est idiot de vouloir comparer les deux hécatombes, le génocide nazi avait au moins l'avantage d'être clairement fondé sur la haine raciste, alors que celui des communistes était plus hypocrite puisqu'il prétendait répandre le bonheur sur terre. Je suis surpris par ailleurs de ne pas voir figurer *Si c'est un homme* de Primo Levi dans ce classement démocratique, livre tout aussi indispensable (même si le *Journal* d'Anne Frank est heureusement là pour représenter la Shoah).

Cette série de 50 livres est, au fond, à l'image de notre siècle : elle contient quelques œuvres jolies et légères, comme *Gatsby* ou *Bonjour tristesse*, mais aussi beaucoup de livres bouleversants qui montrent à quel point nos 100 dernières années ont battu tous les records en matière de monstruosité, de barbarie, de racisme et de tyrannie. Que faire de tout cela ? En lisant *L'Archipel du Goulag* on se sent écrasé et impuissant, et simultanément on se dit que toutes ces horreurs doivent bien servir à quelque chose — à ce que plus jamais on n'en arrive là. La leçon que ma génération doit en tirer fait froid dans le dos : et si l'absolue cruauté du siècle précédent nous était tout simplement… utile ? Fallait-il en passer par là ? L'absurdité de ces tortures deviendrait alors une nécessité et Soljenitsyne, le Dante moderne… un utopiste ?

De toute façon, toute personne qui ne sera pas d'accord avec ce que je viens de dire sera immédiatement arrêtée, enfermée dans un cercueil rempli de punaises, puis plongée pendant 8 heures dans un bain d'eau glacée devant un haut-parleur diffusant en boucle « La Danse des canards ». Car tel est mon bon vouloir.

Nº 14 | LE NOM DE LA ROSE
d'Umberto Eco
(1981)

Le numéro 14 de ce hit-parade des génies littéraires du siècle est Umberto Eco pour son premier roman : *Le Nom de la rose*, publié en 1981. Né à Alessandria (Piémont) en 1932, Umberto Eco avait alors 49 ans, il en a aujourd'hui 70. Il exerce la digne fonction de professeur de sémiotique à l'université de Bologne et même si l'on pourrait critiquer ce classement obscènement surévalué (probablement dû à l'excellente adaptation cinématographique de son roman par Jean-Jacques Annaud), il faut admettre que *Le Nom de la rose* reste à la relecture un roman adroitement concocté.

Pourquoi ? Tout simplement parce que son idée est assez tordue : écrire un polar médiéval, un thriller monastique, qui se déroule « en l'an de grâce et de disgrâce 1327 ». Un ex-inquisiteur nommé Guillaume de Baskerville (hommage à Conan Doyle le Barbare), flanqué de son secrétaire Adso de Melk (narrateur de cette histoire), va enquêter sur des meurtres mystérieux qui cassent l'ambiance bénédictine d'une abbaye située entre Provence et Ligurie. Tout le roman se déroule en 7 jours, avec un assassinat par jour, sur fond d'érudition latine et de bibliothèques mystiques. C'est Sherlock Holmes aux vêpres, Peau d'Âne chez les moines, Philip Marlowe en robe de bure : un roman admirablement construit, pastiche de vieux manuscrits latins, formellement d'une grande créativité, rédigé dans une langue imprégnée du savoir encyclopédique d'Eco sur le Moyen Âge (et de ses lectures borgésiennes) : « Ainsi, en connaissant jour après jour mon maître, et en passant nos longues heures de marche en de très longues conversations dont, le cas échéant, je parlerai au fur et à mesure, nous parvînmes au pied du mont où se dressait l'abbaye. Et il est temps, comme jadis nous le fîmes, que mon récit s'approche d'elle : puisse ma main ne point trembler au moment où je m'apprête à dire tout ce qui ensuite arriva. »

Pour pinailler, et sans doute par jalousie face à ses 16 millions d'exemplaires vendus de par le monde, on pourrait dire que l'idée du manuscrit découvert par hasard n'était pas indispensable, car assez usitée, du *Manuscrit trouvé* à *Saragosse* de Jan Potocki jusqu'à la récente cassette vidéo du *Projet Blair Witch* : c'est un peu une vieille ficelle. Venant d'un auteur aussi roublard, cette banalité surprend.

On pourrait aussi dire qu'Eco n'est jamais parvenu tout à fait à retrouver la grâce de ce premier roman. (Il vient de s'y essayer avec *Baudolino*, l'histoire d'un gamin des rues du XIIe siècle, qui a fait un malheur dans le monde entier : mais la magie s'est envolée.) Il y a des œuvres comme ça, qui sont des miracles uniques, des exploits impossibles à rééditer. Je pense en particulier au *Parfum* de Süskind, d'ailleurs lui aussi un polar historique. Moralité : tout polar en costumes d'époque épuise irrémédiablement son auteur, surtout s'il se prénomme Umberto ou Patrick. Serais-je de mauvaise foi ? Oui. C'est mon métier.

Nº 13 | L'ÊTRE ET LE NÉANT *de Jean-Paul Sartre* *(1943)*

Numéro 13 ? On va enfin savoir si ce chiffre porte bonheur ou malheur. Voyons voir qui occupe cette place… Ah, Sartre. Donc le 13 porte malheur.

Jean-Paul Sartre (1905-1980) occupe la 13e place de ce hit avec son tube *L'Être et le Néant* sorti en 1943. Ce classement démocratique n'est pas exempt de bizarreries, car personnellement de Sartre j'aurais retenu *Les Mots* (son autobiographie) ou *La Nausée* (Antoine Roquentin est un personnage postmoderne avant l'heure). Je ne suis pas convaincu que les votants aient tous compris voire lu *L'Être et le Néant*, sous-titré *Essai d'ontologie phénoménologique*, car il s'agit d'un traité philosophique d'une écriture très ardue, dans lequel Sartre fonde l'existentialisme en s'inspirant de Husserl, Heidegger, Kierkegaard et Jaspers. Grosso modo, dans *L'Être et le Néant*, on peut dire que Sartre fait à Heidegger ce que je lui fais ici : un *reader's digest* (mais le sien est plus long). Inutile de préciser qu'on se tape rarement sur les cuisses en déchiffrant des phrases du genre : « Ce Moi-objet est Moi *que je suis* dans la mesure même où il m'échappe et je le refuserais au contraire comme mien s'il pouvait coïncider avec moi-même en pure ipséité. » Niveau éclate, il est certain que l'on repassera. On peut préférer aisément : « Tout existant naît sans raison, se prolonge par faiblesse et meurt par rencontre » (écrit 5 ans plus tôt dans *La Nausée*).

Figurez-vous que l'existentialisme n'a pas seulement consisté à s'habiller de noir et se soûler au *Tabou* avec Juliette Gréco et Boris Vian, rues Saint-Benoît et Dauphine, dans les années d'après-guerre. Il s'agit tout de même d'une idée beaucoup plus sérieuse : « L'existence précède l'essence. » Vous croyez que vous êtes quelqu'un mais en fait, ce quelqu'un vous l'êtes devenu ; au départ, vous vous contentiez d'exister, c'est tout. Bon, ce n'est peut-être pas un scoop (« il découvre que c'est en forgeant qu'on devient forgeron », dira Blondin) mais tout de même : Descartes disait « je pense donc je suis », Sartre modifie un peu la proposition — pour lui, je fais donc je suis. Chacun de nos actes nous éloigne du néant et en même temps nous enferme dans notre être ; nous sommes « condamnés à être libres ». Nous jouons tous un rôle : un garçon de café joue à être un garçon de café, et moi je fais semblant d'avoir compris *L'Être et le Néant*. (Un cousin éloigné de mon grand-père, Marc Beigbeder, a tout de même préfacé *L'Existentialisme est un humanisme*, donc je devrais en principe savoir de quoi il retourne.)

L'Être et le Néant pose Sartre comme philosophe, alors qu'il est bien plus crédible comme écrivain. Après ce livre, on sera obligé de le prendre au sérieux jusqu'à la fin de ce que Bernard-Henri Lévy baptise, avec la générosité qui le caractérise, *Le Siècle de Sartre*. Personnellement, je citerai tout de même cette phrase d'un humoriste : « Comment voulez-vous croire un intellectuel qui a un œil qui regarde à gauche et l'autre qui regarde à droite ? » Et j'ajouterai : surtout s'il est debout sur un tonneau, les yeux grands fermés sur le stalinisme (n'a-t-il pas dit que « tout anticommuniste est un chien », ce qui donne envie d'aboyer ?). Tout cela ne l'a pas empêché de se voir décerner le Prix Nobel de Littérature en 1964, et de le refuser, ce qui fournit à Bernard Frank l'occasion d'un bon mot : « Je ne trouve pas que ce soit la modestie qui l'étouffe, pas plus qu'elle ne me paraît étouffer un certain général de brigade à titre provisoire, s'il nous faisait savoir qu'il ne tenait pas à être maréchal de France » (allusion à de Gaulle et Pétain). Sur notre lancée, on pourrait aller jusqu'à se demander si *L'Être et le Néant* n'est pas plutôt un roman autobiographique sur le couple Sartre-Beauvoir. À tour de rôle, y en avait-il un qui faisait l'Être, et l'autre le Néant ?

Nº 12 | EN ATTENDANT GODOT *de Samuel Beckett* *(1953)*

Bon sang mais c'est bien sûr ! Je le savais ! J'aurais dû écrire une pièce de théâtre avec deux SDF qui attendent un copain qui ne viendra pas ! C'était pourtant pas sorcier. Si je ne suis pas numéro 12, c'est vraiment de ma faute.

Samuel Beckett, sublime Irlandais né à Dublin en 1906, installé à Paris (comme Joyce) de 1936 à sa mort en 1989, lui, l'a écrite, cette pièce de théâtre, en français et en 1953, avant d'avoir le Nobel en 1969 (il y a overdose de Nobels sur cette liste). La pièce s'intitule *En attendant Godot*, et si vous n'en avez jamais entendu parler, c'est que vous êtes sourd, aveugle, ou totalement inculte. Deux clodos, Vladimir et Estragon, dits Gogo et Didi, s'y font poser un lapin par un certain Godot. Beckett aime bien les SDF : Molloy, le héros de son roman paru en 1951, ne roulait déjà pas sur l'or. Vladimir et Estragon croisent un couple de sados-masos, dont le maître Pozzo tient en laisse son esclave Lucky.

Ils discutent sous un arbre et on se demande quand ils vont enfin s'y pendre. Mais contrairement au *Désert des Tartares*, où les Tartares finissent tout de même par arriver à la fin, ici point de Godot. Il faut donc meubler l'attente avec de la conversation ; par moments, *En attendant Godot* fait songer à ces salles d'attente de dentiste où les patients se sentent obligés de parler entre eux pour oublier qu'on va les torturer ; à d'autres moments, on se croirait dans un ascenseur en panne dans un immeuble de la Défense. Quant à Godot, ce n'est pas God : Beckett l'a spécifié. « Si avec Godot j'avais voulu désigner Dieu, je l'aurais appelé Dieu, pas Godot. » Comme ça les choses sont claires : Godot, c'est la mort, voyons, diront ses spectateurs d'un air pénétré. Car *En attendant Godot* est une pièce dont chaque spectateur est le coauteur (même si Beckett garde tous les droits pour lui).

Nettement moins comique que *La Cantatrice chauve* de Ionesco (créée 3 ans avant), cet intermède est tout de même plus amusant que du Brecht. *Godot* reste la pièce la plus accessible de Beckett et LE joyau (traduit en 50 langues) du théâtre absurde d'après-guerre. Il était une fois un temps où les auteurs dramatiques se sont aperçus que nous mourions pour rien, que la vie n'avait aucun sens et qu'il était drôlement fatigant d'inventer un fil conducteur et des personnages réalistes. Il y a un humour efficace chez Beckett, même s'il le perdit par la suite : « — Qu'est-ce que je dois dire ? — Dis je suis content. — Je suis content. — Moi aussi. — Nous sommes contents. — Qu'est-ce qu'on fait maintenant qu'on est contents ? » Jean Anouilh a dit du théâtre de Beckett : « Voilà les *Pensées* de Pascal jouées par les Fratellini. » Je n'arrive toujours pas à savoir si c'est aimable ou perfide.

En tout cas, *En attendant Godot* pose un problème qui nous concerne toujours en l'an 2001 et nous concernera pendant au moins toutes les années 00 : puisque tout va pour le mieux dans le meilleur des mondes possibles (selon Pangloss et Alain Minc), puisqu'il n'y a plus de guerre, puisque tout le monde il est beau, tout le monde il est gentil, que la croissance revient, que le pognon coule à flots et que l'Histoire est finie, demeure tout de même une seule interrogation qui fiche tout par terre : « Qu'est-ce qu'on fait maintenant qu'on est contents ? »

N° 11 | LE DEUXIÈME SEXE *de Simone de Beauvoir (1949)*

Pour être classé 11e du XXe siècle, il fallait être une femme comme Simone de Beauvoir (1908-1986), l'auteur du *Deuxième Sexe*. Car le XXe siècle est celui de la lutte des classes mais aussi de la lutte des sexes. Pendant des millions d'années, les hommes ont opprimé les femmes, et voici qu'aujourd'hui Jean-Paul Sartre (13e) est battu par sa propre femme dans cet inventaire littéraire. Telle est la magie du féminisme, sans doute la plus importante révolution du siècle, une libération dont les conséquences commencent seulement de se faire sentir : invention du Viagra, du PACS, du gode-ceinture, des Chiennes de Garde, du Fight Club, de la pilule du lendemain, du préservatif féminin…

Qu'y a-t-il de si bouleversifiant dans *Le Deuxième Sexe ?* Un peu la même théorie que dans *L'Être et le Néant* (en plus lisible) : la femme croit qu'elle doit être jolie et douce et passive, alors que ces qualités sont le fruit d'un lavage de cerveau de la société. Là aussi, l'existence précède l'essence : si à sa naissance on ne lui inculquait pas qu'elle était le « deuxième sexe » ou le « sexe faible » ou le « beau sexe », la femme serait un homme comme les autres, puisque : « On ne naît pas femme, on le devient. » La Beauvoir s'appuie sur son éducation bourgeoise de jeune fille rangée mais aussi sur la littérature, et en particulier sur des auteurs qui figurent dans notre inventaire, comme André Breton et D. H. Lawrence, pour montrer que la femme est toujours définie par l'homme, comme SON épouse, SA pute, SA mère. Or ce qui est embêtant, ce n'est pas d'être une madone ou une maîtresse ou une servante, c'est d'être SA quelque chose, SON objet, SON machin. *Le Deuxième Sexe* est un titre ironique pour un pamphlet qui veut non pas féminiser les mots comme il en est question aujourd'hui, ni même réclamer la parité à l'Assemblée nationale, mais simplement obtenir la suppression de l'adjectif possessif.

Prix Goncourt en 1954 pour *Les Mandarins*, une satire du marigot intello parigot, Simone de Beauvoir restera surtout pour cet essai fondateur du mouvement féministe mondial, qui se conclut sur une belle citation de Laforgue : « Ô jeunes filles, quand serez-vous nos frères, nos frères intimes sans arrière-pensée d'exploitation ? » Dans leur vie privée, Sartre et elle surent admirablement appliquer cette pensée : sans se marier ni se reproduire, ils ne se quittèrent jamais alors qu'ils se racontaient leurs tromperies, que Simone fut bisexuelle, puis tomba amoureuse de Nelson Algren, puis porta un turban, puis se transforma en castor (et par conséquent Sartre en zoophile). Bref, deux mandarins prouvèrent que l'on pouvait s'aimer entre sexes différents, en toute liberté, avec échangisme et indépendance.

Personnellement, je le dis tout net : je pense que le féminisme est la seule utopie réussie du XXe siècle. Je suis bien content que ma fiancée travaille : comme ça je ne l'ai pas toute la journée sur le dos et, en plus, elle ramène du fric à la maison.

Nº 10 | L'ÉCUME DES JOURS
de Boris Vian
(1947)

Le number ten est un conte de fées innocent et triste : *L'Écume des jours*, merveilleuse histoire d'amour que Boris Vian (1920-1959) a écrite en 2 mois, à 27 ans, et qu'il résumait ainsi : « Un homme aime une femme, elle tombe malade, elle meurt. » (*Love Story* d'Erich Segal est donc un plagiat éhonté !)

L'imagination… Ah, l'imagination. On la croyait morte, celle-là. Finie, dépassée, assassinée par le réalisme et le naturalisme, l'autobiographie et le roman engagé. La poésie tendre et fantastique des amours de Colin et Chloé apporte un cinglant démenti aux ennemis de l'invention. Non, l'imaginaire n'est pas contradictoire avec l'émotion, ou l'humour, ou la satire. On peut parfaitement être absurde et révolté, comme l'a montré Albert Camus. Et Vian, bien que centralien et existentialiste, était un ami de Queneau, il connaissait donc le surréalisme et la pataphysique, qui imprègnent sa romance délicate et loufoque. Vian s'y moque de Jean-Sol Partre (l'auteur de *La Lettre et le Néon*), condamne le travail, l'argent et le mariage, montre que tout est impossible (le bonheur, la santé, l'amour, la vie) et en même temps comment des nénuphars poussent dans les femmes et des appartements rétrécissent. Il y a un point commun entre J. D. Salinger, l'auteur de *L'Attrape-Cœurs*, et Boris Vian, l'auteur de *L'Arrache-Cœur* (en plus de ces titres qui se ressemblent beaucoup) : tous deux refusent le monde adulte, même si le premier vit toujours alors que le second est mort à 39 ans il y a 40 ans. Impossible de résumer *L'Écume des jours* : c'est un roman trop fragile, trop cristallin, trop magique pour être expliqué par un type assis dans un fauteuil devant son iMac.

Il me faudrait un pianocktail, ce mythique instrument qui mélange les alcools en même temps que les notes (sans doute inspiré à Vian par l'orgue à parfums de Des Esseintes). Après avoir bu des litres de liqueurs mélangées, je pourrais aller à la patinoire avec des jolies filles qui riraient et alors je serais dans l'ambiance, je me mettrais à jouer de la trompette pour fêter la 10e place de Boris Vian, et une petite souris grise à moustaches noires viendrait commenter en direct la victoire de Jean-Sol Partre sur le vrai Jean-Paul Sartre, qui n'est que 13e chez nous : car ce classement est la preuve que les fêtards inconséquents sont plus grands que les philosophes intelligents. Nous célébrons ici un zazou aussi désespéré que dégingandé, un trompettiste qui ne fut pas pris au sérieux de son vivant et qui triomphe car ses livres ne servent qu'à s'amuser, à fuir la mort, avant de se faire exploser le cœur trop jeune dans une salle de cinéma où l'on projette votre œuvre sur un trop grand écran. L'histoire ne dit pas si l'autopsie y trouva un nénuphar géant…

Il existe sûrement des gens qui n'aiment pas *L'Écume des jours*, qui trouvent ce livre nunuche ou puéril, et je voudrais ici même dire, solennellement, à ces gens que je les plains, parce qu'ils n'ont pas compris ce qui est le plus important en littérature. Vous voulez savoir ce que c'est ? Le charme.

Si j'avais eu plus de place, je vous aurais parlé d'Holden Caulfield, qui mériterait amplement de figurer lui aussi dans ce Top 50 avec ses conneries à la David Copperfield, mais j'ai pas envie de raconter ça et tout.

Nº 9 | LE GRAND MEAULNES
d'Alain-Fournier
(1913)

Le Grand Meaulnes se prénomme Augustin. Il débarque dans la vie du narrateur, un jeune homme coincé dans un petit village de Sologne, et devient son camarade de classe. Lors d'une fugue, le Grand Meaulnes tombe amoureux d'une jeune fille éthérée et immatérielle qu'il a croisée sur une barque, après un mariage raté dans un beau château flou (il y a les châteaux forts et les châteaux flous). Il va passer sa vie à la chercher, puis quand il l'aura retrouvée, à la perdre pour pouvoir la rechercher — et là je pose la question qui me brûle les lèvres : dites donc, est-ce que Scott Fitzgerald avait lu *Le Grand Meaulnes* d'Henri dit Alain-Fournier (1886-1914), avant d'écrire *Gatsby* ? Écrivez-moi si vous avez la réponse car les similitudes m'intriguent : ce sont deux narrateurs extérieurs qui racontent l'amour impossible d'un tiers, et en plus dans des soirées mondaines. Quant à *Fermina Marquez* de Valery Larbaud, c'est carrément du recopié mais là on le savait.

Rappelons à toutes fins utiles l'étymologie du mot « désir » : il vient de « de » (préfixe privatif) et du latin *siderere* (astre). Le désir vient donc d'une étoile perdue, il évoque un météore après lequel on court sans jamais le rattraper. Tel est le message du *Grand Meaulnes*. Ce n'est pas un livre, c'est un rêve. D'ailleurs en 1910 Alain-Fournier l'écrit dans une lettre à Jacques Rivière : « Je cherche l'amour. »

Il y a eu l'amour courtois, la passion romantique, la cristallisation stendhalienne ; Alain-Fournier invente le coup de foudre unilatéral. Dès que l'amour est réciproque, il devient chiant : aimer c'est beau, être aimé devient pénible à la longue. Je ne sais plus qui a dit que dans un couple, il y en a toujours un qui souffre et un qui s'ennuie. Il a oublié de préciser que celui qui souffre ne s'ennuie pas, alors que celui qui s'ennuie souffre tout de même. Et que, par conséquent, il vaut TOUJOURS mieux être celui qui souffre que celui qui s'ennuie. Être celui qui « cherche l'amour ».

« Cependant, les deux femmes passaient près de lui et Meaulnes, immobile, regarda la jeune fille. Souvent, plus tard, lorsqu'il s'endormait après avoir désespérément essayé de se rappeler le beau visage effacé, il voyait en rêve passer des rangées de jeunes femmes qui ressemblaient à celle-ci. L'une avait un chapeau comme elle et l'autre son air un peu penché ; l'autre son regard si pur ; l'autre encore sa taille fine, et l'autre avait aussi ses yeux bleus ; mais aucune de ces femmes n'était jamais la grande jeune fille. »

Ce qui reste aujourd'hui le plus touchant et inégalé dans l'unique roman d'Alain-Fournier, c'est sa timidité adolescente, d'autant plus intacte que le lieutenant Fournier est mort à 28 ans, lors d'une attaque dans le bois de Saint-Rémy aux Éparges, le 22 septembre 1914. Et savez-vous pourquoi il est mort ? Pour ne pas vieillir. Les merveilleux romans ados exigent que leur auteur ne vieillisse pas : Boris Vian est mort à 39 ans, Raymond Radiguet à 20 ans, René Crevel à 35, Jean-René Huguenin à 26. Alain-Fournier a bien fait de mourir tôt puisqu'il n'aimait pas la réalité — celle-là, plus on vieillit, plus on a tendance à l'accepter.

Nº 8 | POUR QUI SONNE LE GLAS
d'Ernest Hemingway
(1940)

Pour qui sonne le glas ? Pour moi, qui ne suis pas numéro 8.

Il était temps qu'arrive sur cette liste Ernest Hemingway (1898-1961), Prix Nobel de Littérature en 1954, l'auteur de *Pour qui sonne le glas* en 1940. *For Whom the Bell Tolls* est LE grand roman de la guerre d'Espagne avec *L'Espoir* de Malraux (paru 3 ans auparavant). C'est le plus épais roman d'Hemingway, le plus ambitieux et celui qui s'est le mieux vendu (un million d'exemplaires en 1 an), mais aussi celui où il met le mieux en pratique sa *Théorie de l'iceberg*, selon laquelle ce qui figure dans ses livres n'est que la partie émergée d'un iceberg immense. Cela veut dire que *Pour qui sonne le glas* aurait pu être dix fois plus long s'il avait étalé sur la page toutes ses munitions ! Ouf, on l'a échappé belle, car personnellement, comme Dorothy Parker, ce que je préfère chez Hemingway sont ses nouvelles brèves et incisives où il réalise vraiment son rêve : écrire comme Cézanne peint (voilà qui fera plaisir à France Gall).

Pour qui sonne le glas nous plonge donc en pleine guerre civile espagnole, du côté des partisans républicains ; les dialogues fusent, on prépare une attaque, Robert Jordan doit faire sauter un pont, il tombe amoureux de Maria ; le roman se déroule sur 70 heures durant lesquelles Robert comprend petit à petit qu'il va mourir pour pas grand-chose ; mais, pas chien, il l'accepte. Le fameux style télégraphique d'Hemingway (logique, en temps de guerre) devient vers la fin plus lyrique qu'à l'accoutumée — il y a même quelques adjectifs, dites donc ! Hemingway n'hésite pas à montrer un massacre de franquistes par des communistes sans pour autant nuire à la cause antifasciste. Comme quoi il est important, quand on veut défendre les gentils contre les méchants, de ne pas faire des gentils trop gentils, ni des méchants trop méchants. Blessé en Italie pendant la guerre de 1914, Hemingway en a fait *L'Adieu aux armes* 10 ans plus tôt — comme cela ne lui a pas trop mal réussi, il nous refait le coup avec son expérience de correspondant de guerre en Espagne dans le même camp que George Orwell. Il faisait du Nouveau Journalisme bien avant que Tom Wolfe s'en prétende l'inventeur !

« Papa » Hemingway serait certainement ravi de voir qu'il dépasse Joyce, Fitzgerald et Faulkner dans ce Top 50 : il est un des rares auteurs à envisager la littérature comme une compétition. Il la comparait souvent à un match de boxe dans lequel il voulait envoyer Maupassant au tapis et tenir quelques rounds face à Tolstoï. En revanche, il sera sûrement très fâché de découvrir qui est 7e de ce classement… Pauvre Ernest ! Être battu par Proust, d'accord, mais par Steinbeck… Il y a de quoi se flinguer ! Oups, pardon, j'ai gaffé puisque c'est ce que vous avez fait, Ernest, comme votre père.

Pour conclure, je voudrais citer ce qu'a écrit sainte Dorothy Parker, dans le *New Yorker* : « Ford Madox Ford a dit de cet auteur "Hemingway écrit comme un ange". Je conteste (rien de tel que la contestation pour soigner un mal de tête matinal). Hemingway écrit comme un être humain. »

Nº 7 | LES RAISINS DE LA COLÈRE *de John Steinbeck* *(1939)*

Les Raisins de la colère ne méritent pas qu'on en pique une. Ce vaste pensum de John Steinbeck (1902-1968) décrit la terrible crise des années 1930 qui mit sur la paille les pauvres agriculteurs du Midwest américain, lesquels y étaient déjà (sur la paille). Cela donna un beau film de John Ford avec Henry Fonda déguisé en paysan révolté. À l'époque, les Américains, comme aujourd'hui, croyaient que tous les pauvres étaient noirs : Steinbeck eut le mérite de leur montrer qu'on pouvait être blanc de peau et miséreux de portefeuille, ce qui écorna quelque peu « the American Dream ». La Seconde Guerre mondiale arriva ensuite juste à temps pour faire diversion, comme les bombardements sur l'Irak au moment de l'affaire Lewinsky.

La famille Joad est contrainte d'abandonner l'Oklahoma pour tenter de trouver du boulot en Californie : en Hudson Super-Six sur la route 66, elle traverse des États hostiles, les grands-parents meurent, les enfants pleurent de faim, et tout ça pour finir dans un camp tenu par des exploiteurs qui les tabassent et en assassinent même un. Tu parles d'une « Frontière » !

Si vous récoltez *Les Raisins de la colère*, et que vous les laissez fermenter, ils donnent un vin charpenté mais pas un nectar des plus subtils. Les romans engagés vieillissent mal, comme le beaujolais nouveau qu'il vaut mieux boire l'année de sa production parce qu'il est encore pire après. Dans son bien nommé *Journal inutile*, la seule notation intéressante de Paul Morand est : « Les idées font vieillir les livres comme les passions font vieillir les corps. » J'irais même jusqu'à dire — sans risque d'être contredit puisque je suis seul dans le froid et la désolation de ce travail hostile — que *Grapes of Wrath* est le *Germinal* du XXe siècle, ce qui n'est pas obligatoirement une injure. Si on prenait *Les Misérables* d'Hugo et qu'on en faisait un western ? On verrait bien une adaptation réalisée par Josée Dayan avec Gérard Depardieu dans le rôle principal. Ce serait bien mais est-ce que ce serait beau ? Pas sûr : de même que le mieux est l'ennemi du bien, on sait depuis André Gide que le bien est l'ennemi du beau (« on ne fait pas de bonne littérature avec de bons sentiments »).

Pour faire efficace, Steinbeck nous en met plein la vue et en rajoute dans le mélodrame naturaliste :

bien qu'il les dépasse tous les deux dans notre Top 50 et qu'il ait récolté comme eux le Prix Nobel de Littérature en 1962 (véritable épidémie dans cet inventaire), ses dialogues argotiques ne sont pas d'Hemingway, ses descriptions sociales ne sont pas de Faulkner ; en fait, le principal reproche qu'on peut faire à Steinbeck n'est pas de sentir le pâté mais le pathos. S'il vous en faut absolument une dose, lisez plutôt *Des souris et des hommes* qui a l'avantage d'être plus court.

Si on avait eu plus de place, je vous aurais parlé de mes origines agricoles. Oui, ma famille avait autrefois quelques vassaux qui cultivaient nos terres, tandis que nos intendants leur prélevaient la dîme et que mes trisaïeuls droitdecuissaient leurs filles. Dérapé ? Comment ça j'ai dérapé ?

N° 6 | VOYAGE AU BOUT DE LA NUIT *de Louis-Ferdinand Céline* *(1932)*

Le numéro 6 était le nom du héros de la série *Le Prisonnier*. Vous vous souvenez ? Celui qui hurlait : « Je ne suis pas un numéro, je suis un homme libre ! » Ce dossard va donc très bien à Louis-Ferdinand Céline.

Le *Voyage au bout de la nuit* de Louis-Ferdinand Céline (1894-1961) est le roman le plus révolutionnaire du siècle, et la preuve en est qu'il n'a pas eu le Prix Goncourt en 1932. En l'apportant à Denoël, Céline lui avait pourtant prédit : « C'est le Goncourt dans un fauteuil et du pain pour un siècle entier de littérature. » Il se trompait sur le début de sa phrase, et sur la fin aussi car tout le monde sait que Céline n'était pas boulanger mais médecin.

Certains livres sont inexplicables : ils paraissent sortis de nulle part et pourtant, quand on les lit, on se demande comment le monde a fait pour vivre sans eux. Le *Voyage* est de cette famille peu nombreuse :

son évidence bouleverse la vie de tous ses lecteurs. Sa langue brute transforme à jamais votre façon de parler, d'écrire, de lire et de vivre. « La musique seule est un message direct au système nerveux. Le reste blabla. » Personne n'en sort indemne. J'envie ceux d'entre vous qui n'ont pas encore lu cette fresque furieuse de vermine et charogne : ils vont se faire dépuceler mentalement. Vous savez ce que je veux dire : au début ce n'est pas toujours agréable ; par la suite on y prend goût.

Héros en fuite, Ferdinand Bardamu, descendant d'Ulysse et ancêtre de la Beat Generation, traverse la guerre de 14, le Congo, New York, Detroit, Paris, Toulouse, devient médecin en banlieue parisienne, puis chef d'une clinique psychiatrique. D'une certaine façon, on pourrait dire que le *Voyage au bout de la nuit* est le premier roman de la mondialisation. Avec 50 ans d'avance, Céline décrit le rétrécissement de la planète, son uniformisation. Partout son anti-héros ne rencontre que des hommes morts ou sur le point de crever, comme Robinson à la fête des Batignolles. Partout une société qui ne sert qu'à tuer ou à rendre fou. Céline rédige le roman picaresque le plus sombre de l'Histoire : à côté, *Don Quichotte* est une promenade de santé. L'exploit de Céline c'est qu'en écrivant à l'encre noire sur fond noir on arrive quand même à le lire. « J'ai écrit pour les rendre illisibles », a-t-il dit plus tard. Les milliers de copieurs qui l'ont suivi, souvent de grand talent (Sartre, Camus, Henry Miller, Marcel Aymé, Antoine Blondin, Alphonse Boudard, San-Antonio, Charles Bukowski...) n'ont jamais réussi ne serait-ce qu'à approcher la clarté de sa noirceur, l'amoralité de son apocalypse, l'hystérie de son cauchemar, le dégoût de son épopée.

Comment le docteur Destouches, médecin de 38 ans officiant à Clichy, qui a pris pour pseudonyme le prénom de sa grand-mère, a-t-il pu engendrer pareille « symphonie littéraire émotive » avant d'écrire, 5 ans plus tard, *Bagatelles pour un massacre* (sinistre pamphlet dans lequel il aurait mieux fait de rajouter des points de suspension) ? En cherchant bien, on trouve malheureusement une cohérence : Bardamu, l'anarchiste, cherchait un coupable et Céline, l'antisémite, trouvera un bouc émissaire. Il s'est bien sûr ignoblement fourvoyé sur la cause de la misère humaine. Pourtant le constat du *Voyage au bout de la nuit* reste d'actualité : nous essayons de survivre sur une petite planète sans Dieu qui fabrique de la pauvreté, des guerres et des usines. « Une immense, universelle moquerie » (page 22). Et personne ne sait « le pourquoi qu'on est là » (page 255).

Roger Nimier a dit une chose très jolie sur Céline : « Le Diable et le bon Dieu se disputent très fort à son sujet. » Il me semble que cette engueulade n'est pas près de s'achever. Et maintenant éteignez la lumière, je veux errer dans la nuit… j'ai tout mon temps pour traverser l'obscure désolation… « et la ville entière, et le ciel et la campagne et nous, tout qu'il emmenait, la Seine aussi, tout, qu'on en parle plus ». (Il n'y a pas que Luchini qui sache lire !)

Nº 5 | LA CONDITION HUMAINE *d'André Malraux* *(1933)*

Mesdames-Messieurs, voici venir le moment que vous attendiez tous : le Top 5 du XXe siècle ! En 5e position vient André Malraux (1901-1976) avec sa *Condition humaine.* Goncourt 1933, Panthéon 1996.

Nous sommes à Shanghaï, en 1927. Période d'insurrection en Chine. Un jeune tueur poignarde un type qui dormait paisiblement : on dirait la scène de la douche de *Psychose* mais en remplaçant le rideau de douche par une moustiquaire. Tchang Kaï-chek prend le pouvoir. Très vite, le communisme aborde ses premières contradictions : on a fait tout cela pour défendre l'homme, mais pour que ça marche il faut torturer des hommes. Ce dilemme est incarné par quelques personnages centraux : Kyo Gisors le chef révolutionnaire humaniste ; Tchen, le terroriste solitaire ; Katow, le Jean Moulin russe ; Hemmelrich, le lâche belge qui finira héros ; Ferral, le capitaliste cynique ; Clappique, le joueur mythomane.

En gros, Tchang Kaï-chek va retourner sa veste et notre bande de cocos se faire zigouiller par des Chinois soutenus par des impérialistes français. Cela vous semble compliqué ? Normal : ça l'est.

Ces humains se débattent au sein de leur humanité : à la fois généreux et monstrueux, magnifiques et ridicules, puissants et impuissants, ils s'agitent vainement comme des fourmis pour tenter d'exister, de donner un sens à leur vie et à la mort de leurs camarades. *La Condition humaine* est un roman d'aventures mais surtout un roman engagé, le roman de l'idéalisme déçu, donc un roman terriblement XXe siècle. La révolution chinoise que Malraux appelait de ses vœux finira par triompher et Malraux la verra tourner au bain de sang totalitaire. Cela confirma ce qu'il pensait de la tragique humaine condition. Citons la fin du livre : « Chacun souffre parce qu'il pense. Tout au fond, l'esprit ne pense l'homme que dans l'éternel, et la conscience de la vie ne peut être qu'angoisse. Il ne faut pas penser la vie avec l'esprit mais avec l'opium. » Une solution vers laquelle il se tournera plus tard pour oublier son romantisme.

Le style des romans d'André Malraux s'est quelque peu fané : ils ont ce côté grandiloquent des voix off d'actualités Gaumont d'avant-guerre, ainsi que cette absence totale d'ironie qui caractérise les discours du ministre des Affaires culturelles du général de Gaulle. En lisant « Tout homme rêve d'être dieu », on a parfois l'impression d'entendre « Entre ici Jean Mouliiiin ». Mais les scènes d'action sont très cinématographiques et l'énergie romanesque reste indémodable. Trois ans après *La Condition humaine*, Malraux s'engageait dans la guerre d'Espagne, puis, quelque temps plus tard, dans la Résistance en France : c'est pour lui ressembler que, de nos jours, certains intellectuels crapahutent en treillis sous les bombes dans tous les endroits chauds de la planète. Pourtant les choses se passaient dans l'ordre inverse : « C'est l'Art qui a fixé mes rendez-vous avec l'Histoire », disait Malraux. Ce chat retombait toujours sur ses pattes…

Aujourd'hui les révolutionnaires ont changé de camp en Chine : à présent, Tchen est un étudiant qui arrête les chars place Tien An Men avant d'être envoyé au « laogai » (goulag chinois). Ce qui est rassurant, c'est qu'il y aura toujours une révolution à faire. La condition humaine a beau être tragique, elle ne sera jamais ennuyeuse. (À la réflexion, il n'y a rien de rassurant là-dedans.)

Si j'avais eu plus de temps, j'aurais pu vous raconter mes exploits pendant les grèves de 1995 : à un moment, je suis même allé jusqu'à crier « zut à la société ».

Nº 4 | LE PETIT PRINCE
d'Antoine de Saint-Exupéry
(1943)

S'il vous plaît, dessine-moi un chef-d'œuvre. S'il vous plaît, dis-moi qui est numéro 4 du « Dernier Inventaire ».

Le Petit Prince d'Antoine de Saint-Exupéry (1900-1944) est le seul conte de fées du XXe siècle. Au XVIIe, on a eu les contes de Perrault ; au XVIIIe, les contes de Grimm ; au XIXe, les contes d'Andersen. Au XXe siècle, on a *Le Petit Prince*, un livre écrit par un aviateur français exilé aux États-Unis entre 1941 et 1943, qui fut d'abord publié là-bas avant de paraître en France en 1945, un an après la mort de son auteur. Depuis sa publication, ce petit livre illustré est un phénomène d'édition qui se vend chaque année à des millions d'exemplaires dans le monde entier.

Pourquoi ? Parce que, sans le faire exprès, Antoine de Saint-Exupéry a créé des personnages immédiatement mythiques : ce petit prince tombé de sa planète B 612 qui réclame un dessin de mouton à un aviateur égaré dans le désert ; cet allumeur de réverbères qui dit tout le temps bonjour et bonsoir ; ce renard philosophe qui veut qu'on l'apprivoise… et qui fait comprendre au petit Prince qu'il est « responsable de sa rose ».

Ce conte aurait pu s'intituler « À la recherche de l'enfance perdue ». Saint-Exupéry y fait sans cesse référence aux « grandes personnes » sérieuses et raisonnables, parce que, en réalité, son livre ne s'adresse pas aux enfants mais à ceux qui croient qu'ils ont cessé d'en être. C'est un pamphlet contre l'âge adulte et les gens rationnels, rédigé avec une poésie tendre, une sagesse simple (Harry Potter, rentre chez ta mère !) et une feinte naïveté qui cache en réalité un humour décalé et une mélancolie bouleversante.

On pourrait dire que Saint-Exupéry est un Malraux humble et *Le Petit Prince* une sorte de *E.T.* blondinet, ou une *Alice* de Lewis Carroll au masculin (avec la même fascination trouble pour les paradis de l'enfance). Comme beaucoup de grands écrivains précités, Saint-Ex refusait de vieillir et d'ailleurs *Le Petit Prince* fut prémonitoire. Quelques mois après sa publication, l'aristocrate insista, à 44 ans, pour partir en mission de reconnaissance au-dessus de la Méditerranée et disparut, comme son petit personnage. On ne retrouva l'épave de son Lockheed P 38 Lightning de type J modifié en F5B qu'il y a quelques mois. Quand on relit la fin du conte : « Soyez gentils, ne me laissez pas tellement triste : écrivez-moi vite qu'il est revenu… », on s'aperçoit que *Le Petit Prince* est un testament. On en a fait des lampes, des assiettes, des tonnes de produits dérivés, des tasses, des disques et même une grotesque comédie musicale.

Mais cela reste le testament d'un aviateur égaré dans le Sahara, et qui, bien qu'« endormi sur le sable à mille milles de toute terre habitée », jette une bouteille à la mer.

Nº 3 | LE PROCÈS *de Franz Kafka* *(1925)*

Non mais attendez, je ne suis pas numéro 3 ? Écoutez, il faut vérifier sur vos registres, laissez-moi tout vous expliquer, il s'agit sûrement d'un malentendu, vous allez rire, je pense qu'il y a erreur sur la personne. Je suis forcément sur la liste, sinon c'est grotesque, ridicule comme situation… enfin, c'est kafkaïen !

Le mot est lâché. *Le Procès*, chef-d'œuvre posthume de Franz Kafka (1883-1924) — publié contre son avis et grâce à son ami, Max Brod, et traduit chez nous par l'indispensable Alexandre Vialatte —, a été élu par vous troisième des 50 livres du siècle. Pourquoi ? Entre autres parce que le nom de son auteur est devenu un adjectif. « Kafkaïen » est aujourd'hui synonyme d'angoisse bureaucratique, d'absurdité tchèque, d'expressionnisme en noir et blanc (même si l'avantage de la littérature par rapport au cinéma, c'est que tous les livres sont en noir sur fond blanc).

Joseph K., un employé de banque taciturne et célibataire qui n'a rien demandé à personne, est arrêté par des fonctionnaires en uniforme. On lui signifie qu'il sera jugé bientôt. Or il n'a rien fait ! Mais qu'importe : toute la ville est déjà au courant. On le laisse en liberté surveillée. Il devient totalement parano. Kafka a-t-il voulu stigmatiser le totalitarisme ? Pas du tout. *Der Prozess* n'est pas un pamphlet politique mais une parabole métaphysique : ce procès s'avère celui de tous les humains, le vôtre, le mien, entraînés que nous sommes dans une société qui nous dépasse.

Mais quel crime avons-nous commis pour mériter ça ? Quand nous naissons, nous sommes déjà coupable du péché originel. On nous condamne à aller à l'école et là-bas on nous juge, nous donne des mauvaises notes, nous apprend la discipline. Ensuite on nous envoie à l'armée, puis nous oblige à travailler comme un bagnard toute notre vie ; au fond, l'existence n'est qu'un long procès dont le tribunal nous a, bien sûr, condamné à mort depuis le début.

Dans un ouvrage récent, Pierre Dumayet écrit joliment que « chez Kafka, l'humiliation est un paysage ». Il y a certes chez Kafka un pessimisme qui sert de décor glacé et grisâtre, mais aussi un humour, une ironie salvatrice : n'oublions pas qu'il lisait ses manuscrits à ses amis en hurlant de rire ; pour lui toutes ces histoires glauquissimes (*Le Procès*, mais aussi *Le Château* et *La Métamorphose*) sont surtout de grosses farces et, incidemment, une manière de Nouveau Roman avec un demi-siècle d'avance (12 chapitres d'une langue sèche et fragmentaire, on dirait du Nathalie Sarraute, non ?).

Le Procès est aussi un fantasme prophétique comme beaucoup de chefs-d'œuvre de notre liste. Le roman est publié en 1925, mais Kafka l'a écrit 10 ans avant, en 1914, c'est-à-dire avant la révolution russe, avant la Première Guerre mondiale, avant le nazisme et le stalinisme : le monde qui est décrit dans le livre n'existe pas encore, et cependant il l'a vu. Kafka serait-il le Nostradamus du XXe siècle ? Pas du tout, c'est le XXe siècle qui lui a obéi. On peut même avancer une hypothèse toute kafkaïenne : et si la guerre froide, les dénonciations, la surveillance, les dictateurs fantoches et les déportations arbitraires, Soljenitsyne et Orwell, si tout cela était simplement né dans la tête d'un petit employé d'assurances praguois ? Et si des millions d'hommes n'étaient absurdement morts que pour donner raison aux cauchemars blêmes, aux labyrinthes brumeux de Franz Kafka ?

J'en frissonne de terreur. Car je sais que, moi aussi, un jour, on instruira mon procès. Le procès de la critique, le procès de cet inventaire… Pardonnez-moi ! Pitié ! je sollicite l'indulgence de la cour !

Nº 2 À LA RECHERCHE DU TEMPS PERDU
de Marcel Proust
(1913-1927)

Certes, l'immense Marcel Proust (1871-1922) n'est que 2e des 50 livres du siècle mais savez-vous pourquoi ? Parce qu'il est premier des 1 000 livres du millénaire, alors au niveau du petit XXe siècle, il se considère un peu hors concours.

Tout a été dit et écrit et glosé, parfois à l'excès, sur son chef-d'œuvre et vous voudriez que je vous résume ce monstre de 3 000 pages en quelques lignes ? Aujourd'hui ce n'est pas Proust, c'est moi qui suis à la recherche du temps perdu ! D'ailleurs ce titre en dit long : la *Recherche du temps perdu* a failli s'intituler « Les Intermittences du cœur », « Les Colombes poignardées », « Les Stalactites du passé », mais c'est finalement le titre choisi qui résume le mieux notre siècle. Au fond, le XXe siècle est celui qui a accéléré le temps, celui où tout est devenu instantané, et sans le savoir, comme tous les génies, Proust a eu l'intuition juste. Le devoir de tout écrivain aujourd'hui consiste à nous aider à rechercher le temps que notre siècle a détruit, puisque « les vrais paradis sont les paradis qu'on a perdus ». Proust a bâti son château de cartes de 7 tomes simplement pour nous dire une chose : la littérature sert à retrouver le temps… de lire.

Alors bien sûr je pourrais vous résumer son roman, à la fois impressionniste et cubiste, autobiographique et imaginaire, en sélectionnant quelques angles : oui, c'est un roman de l'amour rendu fou par la jalousie, celle de Swann envers Odette, celle du Narrateur envers Albertine ; bien entendu, c'est l'histoire de Marcel, un arriviste mondain qui veut se faire inviter chez la Princesse de Guermantes mais comme il n'y arrive pas, il devient écrivain misanthrope ; certes, c'est le coming-out d'un homosexuel honteux qui décrit les décadents de son époque, le baron de Charlus et son ami Jupien, pour se dédouaner d'en être comme eux ; ok, c'est le tableau d'un milieu aristocratique frelaté avant et pendant la Grande Guerre de 14-18 ; sans doute s'agit-il aussi de l'aventure d'un jeune homme qui raconte comment il est devenu écrivain en trébuchant sur les pavés plutôt qu'en les jetant sur des CRS…

Mais ce serait fuir le véritable centre du livre qui est le temps retrouvé. Cela peut être plein de choses, le temps retrouvé : la nostalgie de son enfance, quand on bouffe une madeleine ; la mort, quand on revoit des snobs qui ont vieilli ; l'usure de la passion amoureuse, ou comment transformer la douleur en ennui ; la mémoire involontaire, véritable machine à explorer le temps, que l'on peut vaincre par l'écriture, en entendant une sonate de Vinteuil ou un clocher de Martinville : « Le souvenir d'une certaine image n'est que le regret d'un certain instant ; et les maisons, les routes, les avenues sont fugitives, hélas, comme les années. »

N'hésitons pas à le dire : Proust écrit souvent des phrases très longues et beaucoup de gens ont du mal à y entrer. Il ne faut pas culpabiliser : c'est un rythme à prendre. Personnellement, j'ai surmonté cette difficulté en me disant la chose suivante : ces phrases interminablement perfectionnées épousent les mouvements du cerveau humain. Comment reprocher à Proust d'écrire de longues phrases alors que dans votre tête vous en faites de beaucoup plus longues (et nettement moins intéressantes, pardonnez-moi de vous le dire) ?

Proust ne voulait pas mourir alors il s'est enfermé, vivant la nuit, dormant le jour, tel un vampire, suçant le sang du faubourg Saint-Germain, s'est tué à la tâche de 1906 à sa mort en 1922 et il a gagné : il est éternel, puisque « La vraie vie, la vie enfin découverte et éclaircie, la seule vie par conséquent réellement vécue, c'est la littérature ». Refusé par Gide chez Gallimard, *Du côté de chez Swann* est paru en 1913 chez Grasset à compte d'auteur ; le tome suivant, *À l'ombre des jeunes filles en fleurs*, obtint le Prix Goncourt en 1919 chez Gallimard ; Proust verra ensuite la sortie du *Côté de Guermantes* (1921) et de *Sodome et Gomorrhe* (1922) mais les trois derniers tomes, *La Prisonnière*, *Albertine disparue* et *Le Temps retrouvé*, furent publiés à titre posthume, et malaxés par son frère Robert en 1923, 1925 et 1927.

Et en 1927, le siècle est terminé. Il y aura Céline, 5 ans plus tard, il y aura les 48 autres livres qui figurent dans notre hit-parade, ainsi que tous ceux qui en sont absents mais en gros les jeux sont faits. Plus personne ne pourra JAMAIS écrire comme avant. Plus personne ne pourra jamais VIVRE comme avant. Désormais, chaque fois qu'une image, une sensation, un bruit, une odeur, vous rappelleront autre chose, je ne sais pas moi — peut-être même que là, en ce moment précis, en me lisant, vous pensez à une émotion, à un souvenir, à un prof de français qui vous a gonflé avec Proust en classe de première —, chaque fois que ce genre de flashback vous saisira, ce sera du Temps Retrouvé. Ce sera du Proust. Ce sera plus beau que tous les DVD et plus prenant que toutes les Playstation. Savez-vous pourquoi ? Parce que Proust nous apprend que le temps n'existe pas. Que nous avons tous les âges de notre vie, jusqu'à notre mort. Et qu'il ne tient qu'à nous de choisir la minute que nous préférons.

N° 1 | L'ÉTRANGER *d'Albert Camus* *(1942)*

Le numéro 1 de ce classement des 50 livres du siècle, choisis par le vote de 6 000 Français, n'est pas moi mais je m'en fous, même pas vexé, je serai dans le « Premier Inventaire » du XXIe siècle, non ? Non plus ? ?

Il faut souligner que notre grand vainqueur rassurera les paresseux : un roman très court (123 pages en gros caractères). Pas besoin de se fatiguer : on peut donc écrire un chef-d'œuvre sans noircir des milliers de pages comme Proust. Chef-d'œuvre que nous pouvons lire en une demi-heure montre en main. Autre bonne nouvelle : le n° 1 de notre liste est un premier roman. Il s'agit donc d'un premier roman premier. Enfin, mauvaise nouvelle pour les xénophobes : le roman préféré des Français s'intitule *L'Étranger*.

Il nous narre l'histoire de Meursault, un type décalé qui se fout de tout : sa mère meurt — il s'en fiche ; il tue un Arabe sur une plage algérienne — ça lui est égal ; on le condamne à mort — il ne se défend même pas. La célèbre première phrase du livre le montre bien : « Aujourd'hui maman est morte. Ou peut-être hier, je ne sais pas. » Le gars ne sait même pas quel jour sa mère est morte ! On ne se rend pas toujours compte d'une chose : tous les losers magnifiques, les meurtriers paumés, les anti-héros désabusés de la littérature contemporaine sont des héritiers de Meursault. Ce sont des Sisyphe heureux, des révoltés pas dupes, des nihilistes optimistes, des naïfs blasés : bref, des paradoxes ambulants qui continuent de respirer malgré l'inutilité de tout.

C'est que, pour Albert Camus (1913-1960), la vie est absurde. Pourquoi tout ça ? À quoi bon ? Pourquoi cette chronique inutile ? N'avez-vous rien de mieux à faire que de lire ce livre ? Tout est vanité en ce bas monde (Camus, c'est l'Ecclésiaste chez les pieds-noirs). Cette lucidité taciturne n'a pas empêché Camus d'accepter le Prix Nobel de Littérature en 1957 (à 44 ans, ce qui faisait de lui le plus jeune lauréat après Kipling). Pourquoi ? Parce qu'il a résumé son existentialisme en une devise simple : « La vie est d'autant mieux vécue qu'elle n'a pas de sens. » Rien ne rime à rien — et alors ? Et si c'était justement cela, « le bonheur inévitable » ? Contrairement au refus snob de Sartre, 7 ans plus tard, qui confère de l'importance à la récompense, Albert

Camus accepte le Nobel précisément parce qu'il s'en moque. On peut se foutre de l'univers, et l'accepter tout de même, voire l'aimer. Ou bien il faut se suicider tout de suite, puisque tel est le seul « problème philosophique vraiment sérieux ».

Même la mort de Camus sera absurde. Bien que tuberculeux, ce play-boy, sosie d'Humphrey Bogart, fut assassiné à 47 ans par un platane en bordure de la Nationale 6, entre Villeblevin et Villeneuve-la-Guyard, avec la complicité de Michel Gallimard et d'une Facel Vega décapotable.

La seule chose qui n'est pas absurde, c'est le style que Camus a inventé : des phrases courtes (« sujet, verbe, complément, point », écrivit Malraux dans sa note de lecture à l'éditeur), une écriture sèche, neutre, au passé composé, qui a fortement influencé tous les auteurs de la seconde moitié du siècle, Nouveau Roman inclus. Ce qui n'interdit pas les images fortes — par exemple, pour décrire les larmes et la sueur sur le visage de Perez : « Elles s'étalaient, se rejoignaient et formaient un vernis d'eau sur ce visage détruit. » Même si on l'a un peu trop étudié à l'école, il faut relire *L'Étranger*, dont le désespoir ensoleillé reste, comme dit la publicité pour la Suze, « souvent imité, jamais égalé ». L'humanisme gentil d'Albert Camus peut parfois lasser, mais pas son écriture tranchante.

Au moment de conclure ce dernier inventaire avant liquidation, alors que la fin du monde approche tranquillement et que l'homme organise sa propre disparition en souriant, n'y a-t-il pas une légère ironie à voir Camus s'emparer de la première place (donc la dernière du compte à rebours), lui qui nous a expliqué que le secret du bonheur consistait à s'accommoder de toutes les catastrophes ?

« AUX GRANDS CRITIQUES LA BIBLIOGRAPHIE RECONNAISSANTE... »

Lecture pour tous de Dominique Aury (Gallimard).
Le Science-Fictionnaire de Stan Barets (Denoël).
Sur la planète des sentiments de François Bott (Le Cherche-Midi).
Mon histoire de la littérature française contemporaine de Jacques Brenner (Grasset).
Les Écrivains du xxe siècle d'André Brincourt (Retz).
En soixantaine de Bernard Frank (Julliard).
Le Dictionnaire de littérature française contemporaine de Jérôme Garcin (François Bourin).
Une histoire de la littérature française de Kléber Haedens (Grasset).
Dictionnaire des auteurs de Laffont-Bompiani (« Bouquins » Laffont).
Nouveau Dictionnaire des œuvres de Laffont Bompiani (« Bouquins » Laffont).
Carnet de bal de Marc Lambron (Gallimard).
Tu écriras sur le bonheur de Linda Lê (PUF).
Vies écrites de Javier Marias (Rivages).
La Liberté de blâmer de Renaud Matignon (Bartillat).
Mon plaisir... en littérature de Paul Morand (Gallimard).
Journées de lecture de Roger Nimier (Gallimard).
Feuilletons littéraires de Pascal Pia (Fayard).

Service de presse d'Angelo Rinaldi (Plon).
Les Années roman d'Olivier Rouy (Flammarion).
La Guerre du goût de Philippe Sollers (Gallimard).

MERCI À :

Alexandra Golovanoff
(productrice de l'émission LES 50 LIVRES DU SIÈCLE)

Jean-Baptiste Jouis (directeur des programmes, à l'époque, de Paris Première)

François-Henri Pinault (et la FNAC)

Xavier Pujade-Lorraine (le réalisateur)

ET AUSSI À :

Manuel Carcassonne, Jean-Paul Enthoven et Olivier Nora
(premiers lecteurs de cette version réécrite et augmentée)

DU MÊME AUTEUR

Aux Éditions Gallimard

NOUVELLES SOUS ECSTASY, *nouvelles*, collection L'Infini, 1999 (Folio nº 3401).

Chez d'autres éditeurs

JE CROIS... MOI NON PLUS, dialogue avec monseigneur Di Falco, Calmann-Lévy, 2004.

RESTER NORMAL t. 2, *bande dessinée*, avec Philippe Bertrand, Dargaud, 2004.

WINDOWS ON THE WORLD, *roman*, Grasset, 2003, Prix Interallié (Folio nº 4131).

RESTER NORMAL, *bande dessinée*, avec Philippe Bertrand, Dargaud, 2002.

DERNIER INVENTAIRE AVANT LIQUIDATION, *essai*, Grasset, 2001 (Folio nº 3823).

99 FRANCS (14,99 €), *roman*, Grasset, 2000 et 2002 (Folio nº 4062).

L'AMOUR DURE TROIS ANS, *roman*, Grasset, 1997 (Folio nº 3518).

VACANCES DANS LE COMA, *roman*, Grasset, 1994 et Livre de Poche, 1996.

MÉMOIRES D'UN JEUNE HOMME DÉRANGÉ, *roman*, La Table Ronde, 1990.

Composition Interligne
Impression Novoprint
à Barcelone, le 24 septembre 2007
Dépôt légal : septembre 2007
Premier dépôt légal dans la collection: février 2003

ISBN 978-2-07-042648-5./ Imprimé en Espagne

155288